열다섯
번의
낮

KB138913

열다섯 번의 낮

신유진

15 JOURS
1984BOOKS

차례

Écrire, c'est essayer de sauver le temps passé.

글쓰기는 지나간 시간을 구하기 위한 시도다.

– 아니 에르노

서문

진심이 무엇인지 모르겠다.

또 솔직함이란 무엇인가?

나는 허구의 글을 쓴다. 존재하지 않은 세상과 사람을 만들어 놓고, 단어와 문장을 나열하여 그들의 마음을 열심히 흘린다.

이렇게 외롭게 서 있으니 한 번만 돌아봐 달라고, 이렇게 허무하게 살아가고 있으니 안쓰러운 눈빛을 보내 달라고.

말에 말을 더하고, 숨에 숨을 더하여 애걸한다.

진심을 담은 글이었을까?

모르겠다.

살아 있는 존재도 아닌 주제에 진심을 운운하며, 사람들의 소중한 감정을 그렇게 받아도 되는 건지……

당신의 이야기입니까?

라고 묻는 사람들을 만난다.

아닙니다, 라는 말이 혀끝에서 맴돌다가 결국 목구멍 깊이 사라졌다.

사실 그 모든 게 전부 거짓이에요, 허구예요, 라고 너무 쉽게 자백하는 것만 같아서.

아니겠지요. 그건 소설이니까,

라고 말해 줄 때는 쥐구멍에라도 숨고 싶었다.

혹여 누군가는 정말로 겪었을 그 상처를 함부로 지껄였 던 것은 아닐는지.

그럴 거야, 라는 상상으로.

감히.

그럼에도 불구하고 소설을 쓰는 건

나는 솔직하지 못한 사람이기 때문이다.

나는 거짓을 잘 꾸며 낸다.

아니, 잘 꾸미고 싶어서 안달복달한다.

거짓의 집을 세워 놓고, 한동안 그 안에 들어가서 살다 가 마치 이곳이 정말 나의 집인 듯한 착각에 빠지기도 한 다. 칫솔과 잠옷을 두고 오기도 하고, 자주 입는 편한 옷들 과 몇 번을 읽어도 질리지 않는 책을 가지고 들어가서 침대 밑에 슬그머니 두고 나온다. 어쩌면 그렇게라도 내 것을 남 기고 오고 싶었는지도 모르겠다.

거짓의 집에 칫솔 하나, 잠옷 한 벌, 혹은 우산 하나, 책한 권을 던져 놓았다.

아, 그 허름한 집이 사실 내 집이 아니어서 다행이에요, 라는 말은 숨기고.

그 초라한 집에 꼭 어울리는 물건 몇 개는 내 것이었네요, 라는 말은 아끼고.

소설을 쓴다.

진짜라고는 하나도 없는 그 세상에 나의 진짜 이야기를 숨겨 놓았다.

사실은 그렇게라도 말하고 싶었다.

위로를 주기 위해서가 아니라 위로받기 위한 글이었다.

아무도 찾지 못할 거야, 라고 생각하며

한편으로는 다행이다, 가슴을 쓸어내리고

한편으로는 씁쓸하다, 마른 침을 삼킨다.

소설이란 것을 끄적거리고 있는 나는, 영원히 진실할 수 없는 거짓의 언어를 먹어 버린 것만 같아서 징그럽다.

이 글은 소설이 아니다.

그러니 허구를 이야기해서는 안 될 것이다.

그래서 자신이 없다.

나는 결국 솔직하지 못할 것이다.

다만 어느 귀퉁이, 수려하지 않은 문장 하나에

투박하고 멋없는 진심 하나를 숨겨 놓을 테다.

술래 없는 숨바꼭질을 혼자 하면서
언제 들킬까 조마조마하며
아니, 들키고 싶은 마음을 꾹 누르며
행여나 누군가 진짜 나를 찾아 줄까
가만히 머리카락을 세울 것이다.

C'était l'hiver

눈물의 무게와 질량이 각기 다르다는 것을 깨달았다.
염분이 한창 진할 때가 있고
또 그것이 맑아질 때가 있는 것이다.

겨울이었다

겨울 바다의 대낮은 회색빛을 품고 있다. 구름은 파도의 얼룩처럼 흐린 하늘에 번졌고, 검은 바위는 기괴한 모양으로 살을 깎아 냈다.

1993년, 겨울이었다.

붙였다가 떼기를 반복한, 모퉁이가 접힌 사진이다. 찬 바람에 시린 눈을 작게 뜬 나는 12살에 어울리지 않는 표정을 짓고 있다. 바다를 앞에 두고 설렘이 없는 아이라니! 홍조를 띤 얼굴은 목을 답답하게 조이는 터틀넥 때문이었다. 엄마는 겨울이면 항상 목까지 올라온 옷을 입혔고, 나는 그런 옷을 입고 홍시처럼 발갛게 부풀어 오르는 얼굴이 부끄러웠다. 사진 속 나는 목에 손가락을 넣어 니트를 잡아당기고 있다. 턱 끝을 간질거리는 니트의 촉감이 불편했을 것이다.

비슷한 시기에, 비슷한 배경에서 찍은 사진 몇 장을 한국에서 가져왔다. 팬시점에서 파는 2000원짜리 미니 앨범에 챙겨 왔는데 몇 장이 덩그러니 떨어져 나왔다. 아무렇게나 쑤셔 넣고 이리저리 끌고 다닌 물건들이다. 도무지 정리 정돈에는 재능이 없다. 나는 이유 없이 나뒹구는 사진들을 보며 가족의 얼굴이 찍힌 그것을 홀대한 것만 같아 죄책감을 느낀다. 와인을 쏟지 않은 것은 그나마 다행이다. 아슬아슬하게 흔들리는 잔을 두 손으로 꽉 쥐었다.

1993년 12월, 그해 겨울에는 바다에 자주 갔다. 묘한 분위기를 풍기던 중년의 커플, 커다란 목도리로 얼굴을 반쯤 가리고 바다에 혼자 온 여자, 청바지 밑으로 드러난 발목이 시려 보였던 남자, 모두 한겨울 빨랫줄에 넌 짝이 없는 양말 같은 풍경이었다. 몇 날 며칠 아무도 걷지 않아 꽁꽁 언 짝짝이 양말들, 나는 겨울 바다의 불안정함을 그렇게 기억한다.

모래의 입자가 곱다고 하나 쉽게 신발을 벗어 던지지 못했다. 커다란 자주색 불가사리는 징그러웠고, 촉감이 이상한 것들이 발에 닿을까 봐 두려웠다. 나는 엄마의 손을 꼭 잡았다. 사실 불가사리보다 더 무서웠던 것은 지나치게 차가운 엄마의 손이었을 것이다. 나는 온 힘을 다해 나의 작은 손을 엄마의 손에 비벼 댔다. 그렇게라도 온기가 생겼으면 했다.

단편적인 기억들이다. 맥락 없이, 툭툭 튀어나오는 그것들은 사진의 한계이자 사진의 무기다. 인과관계도, 이유나 설명도 없이 혼자서 시작해 버린다. 아, 기억은 얼마만큼 왜곡돼서 내게 달려올 것인가.

낡은 책상 위에는 고장 난 볼펜과 와인 한 병, 아직 정리하지 못한 사진 몇 장이 질서 없이 놓여 있다. 아직 한낮이라지만, 너무 여유를 부려서는 안 될 것이다. 밤이 되기 전에 사진을 정리해야 한다. 이삿날이 되기도 전에 전기를 끊어 버린 탓에, 밤이 되면 아무것도 할 수 없게 되었다. 나는 이 제한된 빛을 낭비해서는 안 된다.

그럼에도 불구하고 와인을 마신다. 대낮에 마시는 레드 와인은 텁텁하고 드라이해서 술술 넘어가지 않았다. 그래도 이 마지막 남은 한 병을 해치우기로 한다. 싸구려 와인을 들고 갈 자리는 없다.

1993년에 찍은 사진을 보며 2015년에 제조된 와인을 마신다. 2016년산이 조금 설익은 느낌이라면, 2015년산은 그래도 깊은 향이 있다. 사실 싸구려 와인을 마시면서 향을 운운하는 것도 웃기는 일이지만 그렇게 시간에 의지하고 싶을 때가 있다.

1993년 겨울 어느 이른 아침, 일탈 같은 외출이 순식간에 이루어졌다. 제일 두터운 점퍼를 뒤집어쓰고 뒷좌석에 앉아서 히터 바람 탓인지 멀미를 심하게 했다. 속이 울렁거릴 때마다 지난밤에 있었던 일과 을씨년스러운 날씨 그리고 바다와의 연결 고리를 생각했다. 티브이에서 보았던 위태로운 겨울 바다들이 자꾸 떠올랐다. 파도가 높고 소리가 거칠고 주인공은 늘 혼자다. 음악은 쓸데없이 청승맞고 빛은 하얗게 번진다. 나는 그 장면에 몇 번이고 엄마와 아빠를 대입해 보았다. 사나운 겨울 바다가 모조리 휩쓸어 버릴 것 같은 불안은 12살에 어울리는 것이었을까? 어쨌든 12살의 불안은 신체적 반응으로 표출된다. 귤을 담았던 검은 봉지에 새벽에 먹은 밥을 토했다. 귤 냄새와 함께 차 안으로 퍼진 토사물의 시큼한 냄새를 기억한다. 아빠는 창을 열었다. 숨 막히게 밀려드는 바람의 비릿한 냄새를 아빠는 바다 냄새라고 했다.

사진 속의 나와 엄마, 동생의 몸이 앞으로 쏠려 있다. 사진기의 렌즈가 아래쪽에 있거나, 뒤에 엄청난 파도가 몰아쳐서 몸을 숙였거나, 아니면 평소 습관대로 엄마가 몸을 구부려 우리를 안고 있기 때문일 것이다.

갈색 롱 카디건, 내게 엄마는 여전히 그 옷차림 그 모습 그대로 머물러 있다. 어쩌면 1993년에 엄마가 교복처럼 그 옷을 입고 다녔고, 그때 즈음에 찍은 사진이 많기 때문일지도 모르겠다. 엄마는 갈색 롱 카디건, 롱 스커트, 앵클부츠와 가죽 가방을 메고 바람이 매서운 곳을 헤매고 다녔다. 일부러 뺨을 맞고 다니는 사람처럼, 붉게 얼어붙은 얼굴에는 콧물과 눈물 자국이 있었다. 색이 없고 맑으나 짠맛의 그 액체는 얼음같이 굳은 근육을 뚫고 흘러나왔다. 언젠가 엄마는 그것을 '서른 병'이라고 불렀다. '서른을 넘겨 찾아온 사춘기 같은 거야'라고 말했는데, 그래서인가? 나는 늘 서른이 오는 게 두려웠다. 소리 없이 짜기만 한 그 '서른 병'은 얼마나 나의 밤을 괴롭혔던가? 이불을 뒤집어써도 귀를 막아도 숨을 참아도 들렸던 내 부모의 절망과 서로에 대한 원망, 삶에 대한 배신감, 분노, 외로움, 그 복잡하고도 쉬운 감정들은 개미가 되어 내 몸을 타고 올라와 귓속으로 다이빙을 했다. 매일 밤 우리가 낮 동안 쌓았던 세계는 무너졌고, 아침이 되면 아무 일도 없었다는 듯 잔해더미를 딛고 일어나 밥을 지었다. 나는 전쟁터의 고아처럼 파편이 튄 그곳에서 꾸역꾸역 밥을 삼켰다.

그날 아침, 나는 무엇을 먹었던가? 뜨뜻한 국물이었을 게다. 차를 타고 멀리 가는 날에 엄마는 늘 맑고 뜨거운 국물을 끓였다. 조용한 식탁에서 국을 소리 내어 마시며, 부은 눈꺼풀을 무겁게 들어 올렸다. 한 공기 가득 꾹꾹 눌러 담은 밥과 건더기가 둥둥 떠다니는 국은 아무리 생각해도 아이가 먹기에는 너무 많은 양이 아니었을까? 그래서 이렇게 눈을 가늘게 떴던 것인가? 밤잠을 설치고, 밥을 실컷 먹고, 차 안에서 먹은 걸 게워 냈으니 그럴만도 하다. 빵빵한 볼에 돼지 꼬리 같이 몇 가닥 내려온 앞머리, 천진함이 없는 어린아이의 얼굴에 왠지 모르게 징그러운 어른의 표정이 있다. 너무 이른 성장을 마친 그 얼굴을 보자니 목이 탄다. 나는 와인을 단숨에 마셨다. 혼자 마시는 술은 시끄럽지 않아서 좋다.

바다에 가기 전날, 엄마는 혼자 술을 마셨다. 방문 옆 쟁반에 소주병이 뉘어 있었다. 안주는 김치 몇 조각, 동치미한 그릇, 한밤중 동치미 국물을 후루룩거리는 소리를 들었다. 엄마는 도저히 술에 취한 사람처럼 보이지 않았다. 다만 입을 벌릴 때마다 하얀 공기 방울을 뿜어내는 것 같았는데, 그것은 말이 아닌 액체와 공기가 적절한 비율로 섞인 거품 같았다. 잠시 공중에 가볍게 떴다가 펑 하고 터져 버렸다. 가야 할 곳에 닿지 못하고 증발해 버린 거품을 보며 엄마는 얼마나 속이 탔을까? 눈을 감고 있었으나 공기 방울이 터지는 것이 느껴졌다. 축축한 것이 떨어졌다. 바다에 간다고 했으니, 어서 자야 하는데. 잠을 못 자는 것은 그때나 지금이나 괴로운 일이다.

얼마나 지났을까? 한참 후 몰래 실눈을 뜬 내 앞에 아른거렸던 것은 아빠였다. 술과 음식, 유흥의 냄새와 온갖 잡다한 냄새가 섞인 검은색 가죽점퍼를 입은 아빠는 어둠 속에서 옷을 벗지도 않은 채 구석에 쭈그리고 앉아 고개를 숙였다.

그는 그렇게 오래도록, 상처 입은 검은 짐승처럼 거기에 앉아 울었던가?

사진을 찍어 준 것은 아빠였다. 아침에 콜드크림으로 반질반질하게 닦은 검은색 가죽점퍼를 입고, 뒤축이 닳은 구두로 모래 위에서 균형을 잡으며 큰 소리로 외쳤다.

"하나, 둘, 셋 하면 웃어라. 하나, 둘, 셋."

웃었나? 우리가 웃었던가? 모두 애매하고 어색한 표정을 지으며 뒤에서 몰아치는 파도를 예감하고 있었을까? 엄마의 카디건으로는 역부족이었던 추위에 온몸이 굳어 있지는 않았던가?

1993년 겨울이었다. 나는 12살이었고, 만화 영화가 아닌 드라마를 보기 시작했고, 한밤중 귀신보다 무서운 것은 사람의 울음소리라는 것을 깨닫게 되었다.

아빠는 다시 외쳤다.

"한 번 더! 하나, 둘, 셋, 다들 웃어."

사진 속 옅은 미소를 지은 우리는 행복했던 것일까? 사진을 믿을 수가 없다.

10년도 넘게 간직한 미니 앨범에는 미키마우스가 그려져 있다. 어쩌면 지금도 어딘가에서 팔리고 있을지 모를 평범한 디자인으로, 표지 속 미키마우스를 가만히 보고 있으면 어쩐지 섬뜩한 기분이 들었다. 지구상에서 가장 성공한 쥐가 나를 비웃고 있는 것만 같아서, 옆으로 길게 찢어진 입이 아무래도 불편했다.

결국 그 낡은 앨범을 내다 버렸다. 어차피 지금 내 나이에는 어울리지 않는 물건이다. 나이가 들면 가질 수 있는 게 많아질 거라 생각했는데 오히려 제약만 늘어난다.

미키마우스를 좋아할 수 없는 건 웃는 얼굴로 천진하게 입장료를 요구하기 때문이다. '꿈과 희망의 나라에 들어오려면 돈이 있어야 한다'가 디즈니 월드의 메시지 아닌가. 자본주의 왕국의 킹, 미키마우스를 싫어하는 게 자본주의 사회에서 성공하지 못한 자의 삐딱함이라 해도 어쩔 수 없다. 이제 미키마우스는 싫다.

집을 정리하며 버리려고 모아 둔 잡동사니에서 겨우 새 앨범을 찾았다. 작년 한국에서 사 온 것으로, 사진 정리를 차일피일 미루다가 결국 겉표지만 누렇게 바래 버렸다.

무늬가 없고 심플한 디자인이 마음에 드나 너무 두꺼운 것이 흠이다. 분명 반도 채우지 못할 것이다. 사진을 찍고 앨범에 담아 간직한다는 것이 얼마나 마음을 써야 하는 일인지를 깨닫는다. 사진이 아닌, 사진 속에 담긴 사람에 대한 마음일 게다. 나는 귀퉁이가 닳아 버린, 구겨진 가족사진들이 안쓰러워졌다.

다시 사진을 정리하자.

결혼식 사진이다. 코사주가 달린, 아이보리색 상의를 입은 엄마는 화장기 하나 없는 얼굴로 웃고 있다. 감색 양복을 입은 아빠는 지금보다 체중이 10kg은 족히 더 붙어 보였는데, 그걸 보고 나서야 몇 년 전 암 수술을 한 후 살이 많이 빠졌다는 것을 실감했다.

결혼식을 마친 날, 엄마는 주방에서 울었다. 창문을 활짝 열고 제법 쌀쌀한 이른 가을바람에 얼굴을 맞으며 하얀 거품 같은 설움을 뿜어내며 울었다. 1993년의 것과는 또 다른 울음이었다. 오히려 주방 옆, 작은 서재에서 방문을 걸어 잠그고 소리 내어 쏟았던 나의 울음이 1993년의 그것과 닮았을 것이다. 말을 잇지 못하고 입만 벙긋벙긋했던 엄마의 미완성 문장들, 그 뒤에 올 말을 알 수 있을 것도 같았다.

눈물의 무게와 질량이 각기 다르다는 것을 깨달았다. 염분이 한창 진할 때가 있고, 또 그것이 맑아질 때가 있는 것이다. 정돈하지 못한 감정을 응축하여 쏟아 낸 나의 눈물은 바닷물처럼 짰고, 몇 번을 걸러 낸 엄마의 눈물은 담수처럼 맑았을 테다.

결혼식 전날 밤부터 체기가 있었던 사진 속 아빠는 혈색이 어둡고 어딘지 모르게 불편해 보인다. 이제 와 생각해 보면 암 때문인 것 같다. 이미 암이 많이 진행된 상태였다던데, 그래서 좋지 않은 표정을 짓고 괜한 짜증을 냈던 것이 아닐까. 핑계를 대자면 그때 아빠의 병든 몸과 마음을 이해하기에 서른의 삶은 너무 치열했다.

공항에서 심한 갈증을 느꼈다던 아빠의 표정이 지금도 남아 있다. 목이 마르다고 물을 찾았던 얼굴이, 아무도 현금을 가지고 있지 않아서 결국에는 갈증을 참으며 게이트로 들어가던 모습이 생생하다. 나는 그 모습을 오래 보지 못하고 서둘러 공항을 빠져나왔다. 아빠는 내가 없는 그곳을 두리번거리며 마른 침을 몇 번을 삼켰을 것이다.

시간이 조금 지난 후에 아빠는 그때 머리가 노랗고 눈이 파란 사람들 앞에서 더듬거리는 것이 부끄럽게 느껴졌고, 무엇도 시작해 볼 수 없는 육십 세가 되어 버렸음을 깨달았다고 했다. 비행기가 뜰 때까지 꽤 오랜 시간을 기다리며 그런 것들을 생각했을 아빠의 모습에 괜히 화가 난다. 아빠를 향한 분노가 아니다. 삶을 향한 것이다. 요즘 들어 가끔 삶에 화가 난다.

사진의 중앙에 서 있는 나는 하얀 드레스를 입고 어깨를 잔뜩 움츠리고 있다. 9월의 가을비 탓에 몸이 으슬으슬했다. 결혼식을 앞에 두고 설렘이 없는 신부라니! 나는 드레스를 벗어 던지고 따뜻한 이불 속에 들어가고 싶었다. 셔터가 터질 때마다 어색하게 미소를 짓는 일은 나와 어울리지 않는, 나답지 않은 짓이다. 그러니 결혼사진은 딱 한 장만 찍었어야 했다. 예쁘지 않아도 있는 그대로, 어색하나 애쓰고 있는 표정을 담은 사진은 한 장이면 족하다. 행복한

척이 아니라 행복하기 위해 애썼다. 애를 쓴다고 되는 것인지는 모르겠으나 나는 최선을 다해 내 부모와는 다르게 살 것이다, 라고 다짐했다. 그리고 그것은 나의 결혼의 희망이자 동시에 비애였다. 분명히 다를 것이나, 그 다름이 서러울 테니까. 그것이 나의 노력이 아님을 알기 때문이다. 한 세대는 그렇게 기꺼이 희생양이 되어 주었다.

2012년 가을, 결혼식을 앞두고 찍은 사진 속 나는 1993년 그때와 똑같은 표정을 지었다. 천진함을 잃은, 불행과 행복 사이의 어느 한쪽으로 치우치지 않으려고 안간힘을 쓰는 서른한 살이었다.

정리해야 할 사진이 몇 장 남지 않았다.

낮은 곧 조용히 물러날 것이고 싸구려 와인도 바닥을 드러내고 있다. 반도 채우지 못한 텅 빈 앨범은 텅 빈 삶을 보여 주는 것만 같아 마음이 영 편치 않다.

괜스레 핸드폰에 저장된 지난여름의 사진들을 뒤적였다. 5년 만에 프랑스에 온 엄마가 찍은 사진들이다. 엄마는 매일 밤 서른 장도 넘는 사진들을 아빠에게 보냈다. 오늘은 시장을 봤다, 드라이브를 했다, 성당에 갔다, 등등 시시콜콜한 일과도 공을 들여 적었는데, 불 꺼진 방안에서 돋보기를 쓰고 핸드폰을 보고 있을 아빠를 생각하면 웃음이 난다고 했다. 그들은 여전히 애를 쓰고 있었다. 과거와는 다른 삶을 살기 위해 노력한다고 했다. 그리고 그것이 나를 위한 것이라고 한다. 그들의 노력 끝에는 여전히 내가 있다.

　엄마가 한국으로 돌아갈 때까지, 여름 동안 수도 없이 많은 사진들을 찍었으나 정작 핸드폰에 남은 것은 몇 장 되지 않는다. 저장된 사진들마저 사라지기 전에 인화를 해야 할 것이다. 지난 몇 년 동안 쉽게 찍고 쉽게 지운 사진들 덕분에 과거의 흔적이 말끔하게 사라졌다. 아쉬울 것은 없으나 이제는 기록해야 할 때가 아닌가, 문득 그런 마음이 들었다. 새 앨범 탓이다. 그것을 채워야 하는 것이 내게 주어진 숙제인 것만 같다.

　엄마는 아마도 그 많은 양의 사진들을 온전히 보관하고 있을 것이다. 여름 내내 우리의 일과가 기록된 메시지를 저장하고 있는 쪽은 아빠일 테시. 그들은 매일 그날의 기록들을 보고 또 보며, 올해 여름을 소중히 간직할 것이다.

　이제 한 장의 사진이 남았다.

　엄마가 한국으로 돌아가는 날, 집 앞에서 찍은 것이다. 이른 아침이라 부은 얼굴은 선글라스로 가렸다. 사실 어색한 표정을 가리기에 그만한 것이 없다. 아마도 1993년, 2012년의 나와 다르지 않은 표정을 짓고 있었을 것이라 짐작한다. 여전히 사진은 어렵다.

　하나, 둘, 셋, 웃자.

　그것이 올해 우리가 함께 찍은 마지막 사진이다.

　2017년, 여름의 끝이었다.

Un jour dimanche

그는 사는 것이 저렇게 힘든 것일까 두렵다고 말했다.

나는 G의 쓸쓸한 시선을 외면하며

장국영이 연기를 잘해서,

양조위의 눈빛이 탁월해서,

왕가위가 천재이기 때문에 그런 것이라고 대답했다.

저런 사랑도, 삶도, 사실은 모조리 과장된 것이라고

이건 그저 영화니까.

G가 되물었다.

어쩌면 그것이 진짜 비극인 것이 아닌가, 라고

그가 옳았다.

우리들의 사랑이 영화처럼 치열하지 못했던 것은

그와 헤어지고 난 후 우리에게 남은 단 하나의 비극이었다.

어느 일요일

어느 일요일, 오래전에 헤어졌던 사람과, 그와 내가 머물렀던 풍경을 담은 이야기다. 이제 와서 적는 그날의 기록이 얼마만큼 진실 될 수 있을지 생각하면 문장을 이어갈 자신이 없다. 혼자만의 것을 검증받는 것만 같아 부끄럽다. 그럼에도 불구하고 그때의 우리를 나의 단어들로 옮겨 적으려 하는 것은, 그것이 내가 청춘을 기억하는 방식이기 때문이다.

옛 연인에 관한 글을 쓴다는 것은 조심스럽다. 그것은 술자리에서 지나간 사랑을 회상하는 것과는 다르다. 시간이 지나면 흩어지는 말이 아닌, 어찌 되었든 흔적을 남기는 일이니까. 혹여 그가 이 글을 보면 불쾌하지는 않을까 소심한 마음이 들기도 한다. 헤어지더라도 서로의 이야기는 쓰지 말자고 약속했던 적도 있었다. 그러나 헤어진 연인들에게 약속 따위가 무슨 소용인가? 그런 것은 사랑하는 동안에만 유효하다. 우리가 헤어진 순간, 모든 다짐과 고백과 약속은 효력을 잃는다.

어쩌면 괜한 걱정일지도 모르겠다. 그가 이 글을 읽을 리도 없겠지만, 읽는다고 해도 그것이 자신의 이야기임을 금세 알아채지는 못할 것이다. 기억은 각자의 몫이고, 기억에는 진실이 없으니까. 그의 이야기는 분명 나의 것과 다를 것이다.

옛 연인뿐만이 아니라, 많은 인연들이 내 글 속에 숨어 있다. 나만이 알아볼 수 있게, 그들은 늘 실제와 조금 다른 모습으로 그려신다. 내게는 글을 쓴다는 것이 창의적인 무언가는 아닌 듯하다. 모방이라고 할 수는 없지만, 왜곡에 가까운 것이 아닐까. 내가 목격했던, 경험했던 모든 순간들이 여기 왜곡되어 적혀진다.

미리 말해 두자면, 이 글은 사랑 이야기나 이별 이야기는 아니다. 조금 특별했던 어느 일요일에 대한 기록이며, 서른다섯에 적는 스물다섯의 일기다.

2007년 11월, 둘째 주 일요일이었다. 우리가 오데옹 역에 내렸을 때는 이미 무장 경찰들이 거리를 점령한 후였다. 한 달째 파업은 계속되고 있었다. 연일 신문 기사 1면에 보도되는 시위대의 사진에도, 생활의 불편함을 체념하고 받아들이는 것에도 익숙해져 가고 있었다. 대학의 문은 닫혔다. 학생들도 교수들도 모두 파업에 동참하였고 수업은 휴강되었다. 혹시나 하는 마음에 학교에 갔던 날은 굳게 잠긴 문 앞에서 난감해해야 했다. 문이 닫혀서가 아니라, 그 앞을 서성이는 학생들이 모두 외국인이었기 때문이다. 신문, 뉴스, 전단지, 피켓, 인터넷, 정보들은 쏟아졌고 투쟁해야 하는 이유와 막아서야 하는 이유를 모두 파악하기에 프랑스어는 차갑게 논리적이고 지나치게 장황했다.

침대에서 일어나면 무릎이 책상에 닿는 작은 방 안에서 널브러지는 날들이 계속됐다. 사실 휴강은 좋은 핑계였을 것이다. 싱크대 옆에는 빈 술병이 쌓여 갔고, 무기력함에 따른 죄책감도 축적되어 갔다. 지금 생각해 보면 가장 끔찍한 것은 아무것도 하지 않은 생활에 익숙해져 갔던 나 자신이다. 좁은 방안에서 시간은 이상하리만큼 빨리 흘렀다. 게으름이란 참으로 떨쳐내기 어려운 악령이었다.

G는 어땠을까? 파업이 시작되기 훨씬 전부터 학교에 나가지 않았으니까 새삼스러울 것도 없었을 것이다. 그는 늘 경로를 이탈하는 방식의 삶을 꾸려왔고, 그것에 이유를 붙이는 것에도 능통했으니까. 나는 그의 자유로움이 좋았고, 무책임함이 싫었다. 그만의 세계를 동경했고, 그의 아집을 비웃었다. 그 역시 나의 이런 이중성에 넌덜머리가 났

었는지도 모르겠다.

교통 파업에도 불구하고 집 밖을 나온 것은 G때문이었다. G는 오데옹 근처 작은 극장에서 주최한 왕가위 특별전에 가고 싶어 했다. 왕가위도, G와의 영화 관람도 마음이 썩 내키지는 않았다. 한가하게 영화를 보러 갔다가 시위에 참석한 학교 친구들을 마주치고 싶지 않았고, 또 G와의 외출도 편하지만은 않았다. 그와 나의 관계는 회복될 기미가 보이지 않았다. 평온한 얼굴로 빌리 홀리데이 음악을 듣는 G를 보고 있으면, 술 취한 어느 날 밤 우리의 목구멍에서 쏟아져 나왔던 잔인한 말들이 떠올랐다. 우리는 지나치게 자주 싸웠고, G의 아픈 말보다 그를 통해 나의 가장 끔찍한 얼굴을 확인하는 것이 더 견디기 어려웠다.

방향 감각이 없는 G와 내가 극장을 찾아 헤매는 동안 무장경찰들은 일사불란하게 움직였다. 시커먼 바다가 천천히 육지를 향해 몰려오듯, 검은 물결은 서서히 전진했다. 그리고 저기 멀리 북소리와 함께 시위대의 깃발이 휘날렸다. 사람을 움직이게 하는 것은 신념일까? 자신이 처한 위치일까? 아니면 감정일까? 수천 명의 인파가 발을 구르자 땅이 미세하게 흔들렸다.

대로를 건너 길모퉁이 작은 분수대에서 물줄기가 힘없이 쏟아졌다. 바이올린을 연주하던 무명의 음악가와 코를 빨갛게 칠하고 울던 광대가 사라진 그곳에는 파업이라고 쓰인 빨간 글자만이 하얀 종이 위에 휘날렸다. 언젠가 그곳에서 한낮에 마셨던 맥주는 미적지근했고 옥수수 향이 느껴졌으며 때로는 달콤했고 때로는 매스꺼웠다. G는 소비의 간극이 심해서 어떤 날은 주머니를 털어 고급 바에서 칵테일을 사기도 했고, 또 어떤 날은 슈퍼에서 가장 싸고 양이 많은 맥주를 손에 쥐어 주기도 했는데, 둘 다 내 취향과는 거리가 멀었다.

말하자면 나는 늘 비슷한, 중간 정도가 좋은 사람이다. 비싸지도 싸지도 않은, 좋지도 나쁘지도 않은, 그러나 어제도 오늘도 내일도 한결같은 것. 나의 선택은 언제나 그런 것이었다.

취향의 차이는 극복하기 쉬운 문제가 아니다. 우리는 무슨 영화를 봐야 할지 결론을 내리지 못하고 분수대를 빙빙 돌았다. 같은 시간에 상영하는 두 영화 중 하나를 골라야만 했으니 쉬운 일이 아니다. 두 사람이 의견을 모았던 〈중경삼림〉은 이미 이틀 전에 상영되었고 그는 〈해피투게더〉를, 나는 〈화양연화〉를 보길 원했다.

그날, 이상하리만큼 〈해피투게더〉는 보고 싶지 않았다. 연인이 만남과 헤어짐을 반복하는 내용을 굳이 두 주인공을 세상 끝까지 밀어붙여 가며 전달했어야 했는지, 장국영의 공허한 눈빛과 양조위의 무력한 몸짓으로 표현했어야 했는지, 나는 그 영화의 감수성이 무거워서 견딜 수가 없었다. 고작 두 사람이 만나 서로를 더듬고 밀쳐 내고 어루만지고 쥐어뜯는 이야기일 뿐인데, 몇 번이고 마음이 무너져 내려야 한다는 것이 억울했다.

우리는 극장이 있는 골목길 앞에 이를 때까지 결국 의견의 차이를 좁히지 못했다.

〈화양연화〉여야 하는지, 〈해피투게더〉여야 하는지.

극장 앞에는 몇몇 사람들이 무료한 표정으로 영화의 시작을 기다리고 있었다. 보고 싶은 영화를 명확하게 정한 것일까. 그들은 어려운 결정을 마치고 한가롭게 담배를 피우며 파업에 대한 이야기를 나누었다. 손을 잡은 노부부와 나뭇가지처럼 마른 남자, 흑인 여자 두 명, 그들이 시위가 아니라 영화를 선택한 것에는 저마다 사정이 있었을 것이다.

각자의 일요일이 있다. 어쨌든 그날, 우리의 일요일은 왕가위의 영화였다.

매표소 앞에서 결국 〈해피투게더〉를 선택하고 말았다. 아니, 선택당했다는 표현이 더 정확할 것이다. 결국은 늘 간절한 쪽이 이기는 법이니까. 그 결정 앞에서 G는 나보다 조금 더 간절했다. 그는 끝까지 〈해피투게더〉를 고집했고, 나는 그의 손을 들어 주었다. 무언가를 고집할 때 유독 굳어지는 그만의 표정이 있다. 꾹 다문 입술, 힘이 잔뜩 들어간 턱, 살짝 씰룩거리는 눈꺼풀. 그때 그의 얼굴이 오랫동안 안쓰럽게 남았다. 왜 그토록 〈해피투게더〉를 고집했는지 지금도 이해힐 수 없다. 영화 한 편에 어떤 메시지를 담고자 했던 것인지, 이제 와서는 잘 모르겠다. 그때는 잘 안다고 생각했던 모든 것들이 지금은 모두 불분명하다.

영화는 처절했다. 영상미 때문인가? 양조위의 연기 탓인가? 이제 다시 볼 수 없는 장국영 때문인가? 그것도 아니라면 사랑이란 원래 처절한 얼굴을 숨기고 오는 것일까?

엔딩 크레딧이 올라가는 동안 G와 나는 말없이 앉아 있었다. 하나둘씩 사람들이 극장을 빠져나갈 때도 서로를 마주 볼 수 없어서, 상영관의 조명이 환하게 켜질 때까지 앞만 보며 버텼다. 한참을 침묵하던 G가 먼저 입을 열었다. 그는 사는 것이 저렇게 힘든 것일까 두렵다고 말했다. 나는 G의 쓸쓸한 시선을 외면하며 장국영이 연기를 잘해서, 양조위의 눈빛이 탁월해서, 왕가위가 천재이기 때문에 그런 것이라고 대답했다. 저런 사랑도, 삶도, 사실은 모조리 과장된 것이라고. 이건 그저 영화니까.

G가 되물었다.

어쩌면 그것이 진짜 비극인 것이 아닌가, 라고.

그가 옳았다. 우리들의 사랑이 영화처럼 치열하지 못했던 것은 그와 헤어지고 난 후 우리에게 남은 단 하나의 비극이었다.

상영관을 나왔을 때, 〈화양연화〉의 엔딩 음악이 복도에 나지막이 울려 퍼졌다. 또 다른 처절한 영화의 마지막 장면은 어떠하였는지 기억을 더듬어 보았다. 그때 우리가 〈화양연화〉를 선택했었더라면 달랐을까? 아니었을 것이다. 그 영화 역시 비극의 방식이 다를 뿐, 어떤 식으로든 우리는 엔딩을 감당해야 했을 것이다.

극장을 나와서 G를 따라 생 미셸의 레스토랑으로 걸음을 옮겼다. 무장 경찰과 시위대가 지나간 그곳의 땅은 쉽사리 식지 않았다. 수천 명을 머리에 이고도 입을 꾹 다문 땅, 그곳에서 나는 G와의 끝을 준비했다.

하필이면 거창한 문장들이 울려 퍼진 그곳에서, 우리는 겨우 깃털 같은 시간을 괴로워했던 것이다. 나는 북소리 둥둥거리던 곳에서 쉽사리 찾아오지 않는 분명한 끝을 기다리며 발을 동동거렸다.

G가 안내한 곳은 터키인이 운영하는 프랑스 레스토랑이었다. 그가 주문한 음식은 프랑스 전통 요리라고 했지만 묘하게 중동의 향신료 냄새가 났다. G는 코스대로 천천히 나오는 요리를 허기짐을 참지 못하고 허겁지겁 먹어 치웠다. 그가 그동안 이런 곳에 자주 오고 싶었노라고 말했을 때는 왠지 모르게 안쓰러운 마음도 들었다.

식사를 하는 동안 우리는 장국영이 왜 죽었는지, 왕가위의 영화가 왜 예전 같지 않은지에 대해 이야기를 나누었다. 이미 몇 번이고 나누었던, 새로울 것 없는 서로의 말에 귀 기울여 듣는 척 연기하며 다 알고 있는 내용에 고개를 끄덕였고 공감하지 않은 부분에는 입을 다물었다. 겁도는 대화를 모른 척하던 그날의 우리를 생각하면 애처롭다. 마지막까지 저물어 가는 관계를 위해 애를 썼던 것이 아닐까.

식사를 마치고 커피까지 마신 후 자리에서 일어났다. 레스토랑 앞에서 헤어지며 우리는 서로에게 미안하다고 말했다. 하나씩 일일이 꼬집어서 사과할 수 없음이, 남은 마음이 고작 미안함인 것이 미안했다.

어쨌든 끝은 늘 미안한 일이다.

집으로 돌아가는 길, 한산해진 오데옹 거리에서 저물어 가는 일요일을 보았다. 분홍색으로 물든 하늘에 철새가 무리 지어 날았다.

속이 후련한 것 같으면서도 멀미가 났다. 엄마가 있는 집으로 돌아가고 싶다고 생각했다. 애인과 이별하고 난 후 엄마가 생각났던 것을 보면 아직 어렸던 게다. 아마도 그렇게 자란 것이 아닐까. 더는 엄마가 있는 집으로 돌아갈 수 없다는 사실을 받아들이면서, 멀쩡히 살아 있는 사람을 죽었다고 여기면서, 누군가와 함께했던 시간을 통째로 부정하면서. 이렇게 적어 놓고 보니 성장이란 것이 그토록 서글펐던 이유를 알 것 같다.

오래전에 G를 잊었다. 자연스럽게 사라졌다. 그날의 이야기는 이렇게 끝이다.

이제 덧붙일 문장은 없다.

Une petite mémoire sur Rosa

아무도 기억해 주지 않는 것들을 쓰고 싶다.
그 애가 모두가 기억해야만 하는 것들을
쓰고 싶어 했던 것처럼.
발바닥 밑에 붙은 하찮은 것들,
광원의 반대편에 선 것들,
로자를 품은 그 애의 이야기를 쓰고 싶다.

로자에 대한 짧은 기억

그 애의 길고 납작한 몸은 2월의 오후 3시, 튈르리 정원을 걷기에 적당했다. 날카로운 바람이 불면 좌우로 충실히 흔들리던 그것은 뿌리가 옮겨져 몸살을 앓는 어린나무를 연상시켰다. 흙에 얽히지 못한 뿌리가 들썩이는 것처럼, 그 애는 튈르리의 장엄한 나무들 사이에서 초라하게 휘둘렸다. 계절이 튈르리의 푸르름을 빼앗아 버린 것은 다행이었다. 한겨울의 음습한 공기는 그 애의 그림자와 어울렸다. 나는 그 그림자가 좋았다. 과장되게 길게 뻗은 검은 존재는 침묵의 언어로 끊임없이 재잘거렸고, 그것이 나의 것과 다르지 않음을 본능적으로 느꼈다. 그림자의 언어를 구사할 수 있었더라면, 바닥에 납작 엎드려서 귀를 기울였으리라. 가만히 들려오는 묵음의 말을 주고받았으리라.

'할아버지는 나치였다.'

그 애가 쓴 소설의 첫 문장이다. 그 애는 독일어로 쓴 자신의 문장을 불어로 번역하여 내게 읽어 주었다. 입안에 무언가를 오물거리는 듯한 불어 발음이 답답하게 느껴졌다. 소리 내어 읽힌 것보다 활자로 적힌 그것이 더 강력한 문장이 아니었을까 짐작해 본다. 그 애는 말보다 글이 매력적인 사람이니까. 나는 몇 차례 그 애의 짧은 글들을 읽어 본 적이 있다. 소리가 없으나 귀에 들리는 언어다. 그 애의 글이 그렇다.

'로자'

소설의 제목을 번역할 필요는 없었다. 나치인 할아버지와 유태인 소녀 로자와의 관계는 '할아버지는 나치였다'라는 문장으로 너무 일찍 밝혀졌지만, 그것이 소설의 몰입을 방해할 것 같진 않았다. 누구나 다 아는 그런 이야기들이야말로 좋은 소재가 될 수 있다고 믿는다. 소설은 발명이 아니니까, 새로운 것일 리가 없다.

우리는 소설이란 결국 인간의 삶을 철저히 모방한 것에 불과하다고, 튈르리 정원의 분수대를 몇 바퀴씩 돌며 결론지었다. 쓸모없는 말이다. 소설의 본질이 무엇인지, 그런 것들을 알아서 무엇을 할 것인가? 소설은 그저 읽으면 그만이고, 쓰면 좋은 것이다. 우리의 말은 둥그런 분수대를 따라 원 모양으로 쏟아졌다. 실컷 돌아봐야 제자리였다.

솔직히 말하자면 소설은 핑계였다. 어느 책의 멋진 문장, 어느 작가의 문체를 빌려서, 쉽게 드러내기 어려운 자신들의 이야기를 하고 싶었던 것이다. 누구라도 붙잡고 어젯밤의 불안한 잠, 오늘 아침에 꾼 헛된 꿈, 늘어진 오후에 대해 말하고 싶었다. 적당한 말을 찾지 못해 목구멍에 걸려 있는 그것들에게 남의 문장을 빌려주고 싶었다.

'로자'를 쓰기 시작한 것은 수개월 전이라고 했다. 할아버지의 장례식 때문에 뮌헨에 다녀온 이후였을 것이다. 낡은 수첩을 유산으로 받았더라면, 거기서 왈츠처럼 춤추는 로자라는 이름을 발견했더라면 좋았을 것이라고, 아쉬움에 긴 한숨을 내뱉던 그 애를 기억한다. 거친 필체로 휘갈겨 쓴 로자라는 이름에서 속죄의 흔적을 보고 싶었던 것일 테지. 그러나 그 애의 할아버지가 수첩 따위를 가지고 있을 리는 없다. 소니 티브이와 구멍이 난 소파, 여섯 달 분의 우울증 치료제, 수면제, 진통제, 약간의 항생제, 그것이 전부였다고 한다. 한 인간의 마지막은 그리 거창하지 않았다.

평범하게, 별거 없던 무료한 일상답게, 로자가 떠났던 그날과 사뭇 다르게 그 애의 할아버지가 떠났다. 시시한 죽음, 차분한 일상의 끝이었다.

그 애의 할아버지는 우울증약과 수면제를 복용하던 것을 빼면 비교적 건강한 삶을 살았다고 한다. 인스턴트 음식을 피했고, 고기를 먹을 때는 꼭 샐러드를 곁들였으며, 집을 떠나는 일은 없었지만 동네 주변을 자주 산책했고, 이웃과의 관계도 크게 나쁘지 않았다고 했다. 그리고 그런 점들이 그 애를 견딜 수 없게 만들었던 모양이다.

그 애는 한 노인이 죽음까지 보낸 시간들을 '나치에게 과분한 것'이라고 요약했다. 전쟁 후 그가 누렸던 평범한 일상, 조용한 죽음, 그것이 소설이었다면 독자들의 분노를 샀을 것이라며, '나치라면 간암이나 치매 같은 지독한 병을 앓다가 죽었어야 했다'고 말하는 그 애의 눈에는 뜻을 이해할 수 없는 눈물이 맺혀 있었다.

사라진 가해자를 향한 분노였을까? 가해자인 할아버지를 사랑한, 또 모욕한 죄책감 때문이었을까?

나는 감정을 억누르며 모진 말을 뱉어 내는 그 애의 그림자를 꾸짖었다. 그래도 가족인데, 너무한 것이 아닌가? 그 애의 그림자가 흔들렸다. 바람 때문이었을 것이다. 2월의 바람은 어디든 뚫고 들어간다.

할아버지 유품을 샅샅이 뒤진 그 애는 침대 밑에서 나치 훈장이 새겨진 접시를 찾아냈다고 했다. 그리고 그것에 음식을 담아 먹으면서 체중이 5kg이나 줄었다고 했는데 가뜩이나 마른 몸이 종잇장처럼 얇아진 이유가 그런 자학이었다니, 지나치게 감상주의적이라고 생각했다.

그 아이는 그것이 편안한 인생을 살다 간 할아버지에 대한 속죄라고 여기는 듯했다. 그 고약한 역사에서 낭만을 찾고 있는 것은 아닌지 의심이 들었다. 어쩌면 진짜 고약한 건 나일지도 모르겠다. 적극적인 정의감은 불편하다. 탓을 하자면 나는 냉소와 조소에 익숙한 환경에서 자랐고, 적당히 눈에 띄지 않게 남들만큼 하는 것이 가장 바람직하다고 배워 왔기 때문이다. 아니다, 인정하자. 아무것도 하지 않는 자의 변명이다. 의무나 책임, 죄책감 같은 말에 나도 모르게 품는 반감이자, 무생물 같은 인간의 자기변명이다.

나의 할아버지가 나치였다면 나는 입을 닫고 살았을 것이다. 그런 이야기가 아니어도 소설의 소재 같은 것은 주변에 널렸다. 예를 들어 평범한 일상을 살아가는 사람들, 로자를 뺀 할아버지의 일상 같은 것 말이다.

그런 것들은 왜 소설이 될 수 없는 것인지 내가 물었을 때, 그 애의 단호한 표정을 여실히 드러내는 것은 한 줌의 태양이었다. 그 애는 말했다. 그런 것들은 그저 흘러가게 두는 것이라고, 소설로 남겨야 할 이유가 없다고. 태양이 몸을 뉘었다. 그림자가 조금 더 길어졌다. 나는 우리를 뒤쫓는, 닮은 듯 다른 검은 존재들을 보며 그 애와 내가 써내려 갈 소설들을 상상했다. 우리가 전혀 다른 글을 쓰며, 나는 그 애의 신념을 지나친 영웅심이나 로맨티시즘이라고 치부하고 그 애는 나의 일상을 향한 집착을 조잡한 신변잡기 수준의 글이라며 비난하는 날을 기대했다. 그리고 그러한 꿈은 길었던 겨울을 견디며 내 것을 고집하게 만들어 주는 희망이었다.

그 애는 죽은 할아버지를 원망했다. 나치였던 것보다, 그가 로자를 베일 속에 감추어 두고 떠난 것에 더욱 분노하는 듯했다. 담배를 쥔 그 애의 손이 떨렸다. 겨울바람 탓이라고 했지만, 그 애는 평소에도 자주 손을 떨었다. 밤에 잠을 이루지 못했다거나 식사를 제대로 하지 않을 때, 그 애의 가는 손이 떨렸다. 그러니 겨울 바람이 아닌 로자 탓이다. 여러 날 동안 잠 못 이루고 로자를 그렸을 테니까. 느려터진, 오래된 도시바 노트북을 신경질적으로 두드리면서, 언젠가 마당에서 장미의 곁가지를 자르던 할아버지를 떠올리며, 로자가 그녀의 방문을 두드려 주기를 기도했을 것이다.

짙은 쥐색 스커트 밑으로 도톰한 발목과 도드라진 복숭아뼈가 드러났다. 뽀얀 종아리에는 멍 자국이 있었고 블라우스는 야무지게 단추를 채웠지만, 살짝 벌어진 틈으로 하얀 내의가 보였다. 목덜미는 깨끗했다. 통통한 뺨은 붉은 기가 돌았고 군데군데 하얗게 습진이 번져 있었다. 고집스럽게 입술을 깨문 모습에서 강단이 있다는 걸 알 수 있었다.

그것이 그 애의 로자였다. 할아버지의 기억과 상관없이, 로자는 천천히, 더디게, 한 줄씩 완성되어 갔다. 그녀가 할아버지의 고백을 들은 것은 돌아가시기 몇 개월 전이었다고 했다. 곁가지가 아닌, 탐스럽게 핀 장미를 실내용 슬리퍼로 짓이기다가 발작 같은 비명을 지르면서 할아버지는 외쳤다.

'내가 로자를 죽였다'라고.

곪은 상처를 꾹 짜내면 고름이 터져 나오듯, 살인의 고백이 터져 나왔다. 그 애는 그 짧은 문장이 자신에게 어떤 상처를 주었는지 말하지 않았다. 그날의 일에 대해서는 말을 아꼈다. 다만 고백을 마친 할아버지가 쓰러졌고, 급히 달려온 의사가 심신의 안정이 필요하다고 말했을 때 결심했다고 한다. 반드시 로자에 대한 글을 쓸 것이라고.

수없이 많은 문장을 썼다 지우기를 반복하며, 할아버지에게도 그 애 자신에게도 그리 쉽게 심신의 안정을 허락해서는 안 될 것이라고 다짐했을 것이다. 내가 아는 그 애는 그렇다. 그러나 발목, 복숭아뼈, 목덜미, 통통한 뺨, 터진 입술, 그런 조각들만을 가지고 어떻게 로자를 완성할 수 있을까? 누런 고름을 보면서 상처의 원인과 병명을 짐작할 수 있을까? 21세기를 사는 고작 26살의 여자아이에게 그게 가능한 것인지 모르겠다.

내게는 너무 거창한 글이다. 자칫하면 지나친 감상과 정의감을 앞세워 읽는 사람을 지치게 만들 수도 있다. 옳다고 생각하는 무언가가 소음이 되는 것만큼 비참한 것은 없다. 나는 그런 위험을 감수할 용기가 없다. 그러니 내가 무언가를 쓴다면, 그것은 그 애의 그림자에 관한 것이어야 할 것이다. 그림자라는 게 기억하기 쉬운 게 아니다. 특징이랄 게 없으니까. 그러나 2월의 태양과 그 애가 만든 합작품, 그 스물여섯의 얼룩은 그냥 지나칠 수 없다. 너무 차서 우울했던 바람과 화창해서 지독했던 태양이 그 애를 붙잡아서 길게 뽑아낸, 축 늘어진 그림자. 나는 그런 것들을 간직하며 살 것이다. 색도 향도 표정도 붉은 기운도 없이, 납작하고 얇은, 검은 종잇조각 같은 것. 그러나 그것은 2월 어느 날, 스물여섯이었던 우리와 그날의 튈르리를 품고 있으므로.

아무도 기억해 주지 않는 것들을 쓰고 싶다. 그 애가 모두가 기억해야만 하는 것들을 쓰고 싶어 했던 것처럼. 발바닥 밑에 붙은 하찮은 것들, 광원의 반대편에 선 것들, 로자를 품은 그 애의 이야기를 쓰고 싶다.

'로자의 이야기를 쓰고 싶다. 기억해야만 하는 것들을 반듯이 기억하게 하고 싶다.'

그 애가 내게 했던 말이다.

튈르리를 비추던 2월의 태양은 그 애를 삼킨 대신, 그림자를 길게 뱉어 냈다. 나는 그 애보다 언제나 뒤처진 그것을 더 안쓰럽게 지켜봤다. 2월의 태양은 짧으니 금세 사라질 것이다. 오래, 어딘가에 남았으면 좋으련만.

로자 그리고 그림자의 추억이 머물 수 있는 곳, 그 애와 나는 우리들의 가난한 언어로 그곳을 꿈꿨다.

때때로 모두가 기어해아 할 이야기들을 만난다. 위안부 할머니들에 관한 영화가 그렇고 이민자들의 죽음이나 전쟁고아들을 다룬 사진, 영상이 그렇다. 많은 것들을 포기하고 이루어 낸 그들의 삶과 작품은 별 것 없는 나의 글을 부끄럽게 만든다. 나는 변한 것이 없다. 여전히 잡기 수준의 글을 끄적거리고 있을 뿐이다. 문득 모두가 기억해야 할 로자를 떠올렸다. 나는 여전히 소설 '로자'를 기다린다.

할아버지는 나치였다. 유태인 소녀, 로자를 죽인 것은 할아버지였다.

그 애의 도시바 노트북에 독일어로 쓰였을 첫 문장, 그 다음을 기다리는 것이다. 그다음, 그것은 오직 그 애만이 완성할 수 있다.

나 역시 글을 써야겠다. 로자를 품었던, 2월의 튈리리에서 흔들리던, 길고 납작한 그림자에 대하여. 26살에 쥐고 있던 어떤 마음들을 부끄러워하며, 26살에 간직했던 어떤 것들이 잊히지 않도록.

그 애의 그림자를 담은 이야기, 그것은 오직 나만이 완성할 수 있을 것이다.

Les obsèques de Marianne

그리하여 여기, 생을 다한 마리안을 적는다.
아무것도 아닌 글로 오래 남을 것이다.

마리안의 장례

젖은 건초 냄새에 소가 울었다. 대문도 없는 집 안뜰에 소 한 마리가 마중을 나왔다. 마리안을 꼭 닮은 여동생, 베로닉은 조금 이른 눈물을 보였다. 아껴 두는 것이 좋을 텐데, 벌써부터 울기 시작한다면 장례식이 끝날 때 즈음에는 탈진이라도 하지 않을까, 모두 마리안의 유일한 식구인 베로닉을 걱정했다.

볕이 좋을 것이라던 일기예보는 틀렸다. 연일 비가 내렸다. 시원한 맛도 없이 청승맞게 내리는 비에 건초 더미들이 모두 젖어 버렸다. 축 늘어져 씹기가 영 사나워진 그것이 그렇게 서러웠을까. 빗물에 밥이 젖는 것을 보고도 아무것도 못하는 안타까움을 이해하겠으나 괜스레 서운하다.

마리안의 장례식을 앞두고 그녀가 평생 살았던 마을이

조용히 움직였다. 집 밖에 잘 나오지 않는 노인들부터 멋모르는 어린아이들까지, 모두 마리안의 집으로 발걸음을 옮겼다. 낯선 이들을 일일이 상대하는 것은 베로닉에게도 암소에게도 쉬운 일은 아니었을 것이다. 베로닉이 지친 얼굴로 돌아서서 짧은 한숨을 뱉어 낼 때마다, 암소 역시 뜨거운 콧김을 내뿜었다. 누군가의 죽음, 그 이후를 감당하는 것이 산 자의 벌이자 특권일 것이다.

시든 풀 위에 습기가 내려앉은 11월이다. 구름이 태양을 반쯤 가렸고, 촘촘한 안개는 떠난 사람이 흘리고 간 미련처럼 집 주변을 맴돌았다. 장례식을 염두에 두고 신경 써서 입은 김은색 트렌치코트가 산안개에 젖어 눅눅하게 어깨를 짓눌렀다. 속이 텅 빈 바람이 부는 도시에서나 제 기능을 발휘하는 옷이다. 촘촘히 짜인 스웨터를 입었어야 했다. 그것이야말로 마리안의 집에 꼭 어울리는 옷이 아니던가? 마리안이 살아 있을 때 즐겨 입었던 선명한 홍색의 스웨터, 그것을 떠올렸다. 사실 누구도 식에 맞는 의복 따위는 신경 쓰지 않았다. 사람들은 어제의 모습 그대로, 작별 인사를 위해 찾아왔다. 집에서 티브이를 보던 차림으로, 빵집에 빵을 사러 갈 때처럼, 이웃집 문을 두드려 괜히 날씨 이야기로 긴 수다를 떨 듯이, 그들다운 배웅이었다. 어느 날 마리안과 함께 위스키를 나눠 마셨던 그때처럼 간소한 이별이다. 삶과 죽음을 공평하게 대하려는 것일까? 마리안에게 꼭 어울리는 장례라고 생각했다.

그녀를 마지막으로 본 것은 3개월 전이었다.

마을 축제를 알리는 만국기들이 시청부터 교회까지 펄럭였다. 차량 통제를 위한 바리케이드에 매달려 놀던 아이들이 하나둘씩 내려와 마리안 주변을 어슬렁거리기 시작했다. 화난 불독이라고 불리던 그녀와 뱃가죽이 축 늘어진 그녀의 개만큼 놀리기 좋은 대상도 없었을 것이다. 동네 아이들이 마리안의 개에게 돌을 던졌다. 마리안이 아이들을 큰 소리로 꾸짖었을 때, 늙은 개는 더 늙은 여주인 뒤에 숨어 처량하게 혓바닥을 내밀고 숨을 헐떡였다. 누가 누구에게 의지하고 있는 것인지 모르는 관계라고 생각했다. 개의 목줄을 꼭 붙잡고 있는 마리안의 손도, 주인의 신발 뒤축을 핥고 있는 개도, 서로에게 절실해 보였다.

"병든 개라고요! 더러운 개에요."

철이 없는 계집애 하나가 소리쳤다.

"저 망할 것들!"

가래가 잔뜩 낀 마리안의 목구멍에서는 쇳소리가 나왔다.

"화난 불독!"

한 아이가 외쳤다. 범인을 가려서 혼꾸멍을 내주기에는 이미 늦은 듯했다. 아이들이 입을 틀어막고 웃기 시작했다.

늙은 여자를 놀리는 것이 뭐가 그렇게 재미난 일이라고 얄미운 웃음을 흘리는 아이들에게, 마리안은 정말 화난 불독 같은 표정으로 겁을 주었다. 어느 나라나 노인과 아이들의 풍경은 비슷한 것일까? '이놈' 하며 무서운 표정으로 꼬마들을 놀렸던 동네 어른들이 떠올랐다. 그 어르신들이 그랬듯 마리안 역시 고개를 돌리며 금세 표정을 바꿨다. '화난 불독' 소리를 듣는 것이 영 싫지는 않았는지 빙그레 웃었다.

이제 와 하는 말이지만, 마리안은 정말 화난 불독을 닮았다. 빨갛게 염색한 짧은 머리, 탄력을 잃은 여윈 뺨, 무거운 금귀걸이에 축 늘어진 귓불, 숨을 헐떡이면서도 끊지 못한 담배 탓에 걸걸해진 목소리, 날카로운 눈빛, 낮과 밤을 가리지 않고 늘 위스키 한 잔을 홀짝이던 여자, 작은 시골 마을의 소극장 주인, 마리안. 어딘지 모르게 존재 자체가 유머러스했던 그 여자를 좋아했다.

그리 더운 날씨도 아니었는데 그날따라 이상하다 싶을 정도로 땀을 많이 흘렸던 마리안을 보며, 사람이 죽을 때가 되면 몸에서 수분이 모두 천천히 빠져나간다던 엄마의 말을 떠올렸다. 그녀는 이마, 코언저리, 목덜미, 겨드랑이, 몸 구석구석에서 흘러내리는 땀을 손수건 한 장으로 감당하지 못해 쩔쩔매고 있었다.

태양은 뜨겁고 바람은 서늘한 날이었다. 어린 시절 운

동회를 떠올리게 하는 청명하고 맑은 가을. 그런 쾌적한 날씨에도 주룩주룩 땀을 흘리는 것을 보며 그녀의 모든 것이 증발해 버릴 것만 같아 두려웠다. 체액을 쏟아 낸 후에는 혈액이 검게 마르고 증기보다 조금 가벼운, 그러나 결정적인 무언가가 단숨에 빠져나가는 것은 아닐는지.

광장 귀퉁이에 놓인 테이블에 앉아 마리안은 위스키를, 나는 맥주를 마셨다. 주고받는 말 없이, 사실 우리 사이에 주고받을 말이 많은 것도 이상하다. 그녀와 내가 베르나르 마리 콜테스를 열렬히 좋아한다는 것 외에는 딱히 공감대를 형성할 만한 것은 없었으니까. 그저 편안한 침묵뿐이었다. 호감을 담은 눈빛을 주고받았고, 그녀가 남편과 아들을 차례로 잃었다고 말했을 때는 과한 애도의 표현이 혹여 상처가 될까 봐 말을 아꼈다. 따뜻한 위로 한마디 쉽지 않았던 것은 마음이 없어서가 아니라, 아무 말도 말아 달라는 그녀의 부탁 때문이기도 했다. 위로가 지겨운 삶이었다고 하는 그녀에게 무슨 말을 할 수 있었겠는가.

드문드문 간신히 유지되는 대화의 끝은 결국 죽음이었다. 그녀는 마치 몇 번이고 죽음과 맞서 싸워 본 사람처럼 말했다. 그것이 어떻게 찾아와서 방문을 두드리는지 그리고 어떤 식으로 사람을 데려가는지, 걸걸한 목소리로 무거운 이야기를 농담과 진담 사이의 애매한 언어로 툭툭 내뱉었다.

죽음이 방문 앞에 와 있다고 했다. 함부로 문을 벌컥 열고 그녀를 데려가는 것이 아니라, 그녀가 이제 들어와도 좋다는 사인을 보낼 때를 정중하게 기다리고 있는 것이라고 말했다. 반은 믿었고 반은 믿지 않았다. 나로서는 짐작하기 힘든 문제였다.

그녀의 손수건이 흠뻑 젖었다. 그녀의 몸속에 꽤나 오래 고여 있었을 법한 그 물은 색도 향도 맛도 없이 늙은 뺨을 타고 하염없이 흘러내렸다.

시청 앞에 설치된 무대에서 무명 가수가 노래를 시작하자 그녀의 개가 짖었다. 술에 취한 누군가는 춤을 췄고, 70년대 유행가의 노랫말을 따라 부르던 마리안은 가만히 눈을 감고 손가락을 까닥거리며 리듬을 탔다. 사람들이 하나둘씩 흩어지고, 마지막 곡이 끝났을 때 박수를 보낸 것은 노인 몇 명과 마음 약한 여자들이 전부였다. 무기력한 응원에 결국 가수는 고개를 숙이고 말았다. 지루한 후렴구가 그렇게 길 줄 알았더라면, 나 역시 진즉에 자리를 떴을 것이다. 그녀의 늙은 개도 지루함을 견디기가 힘들었는지 곡이 끝나기도 전에 달아나 버렸다. 순식간에 벌어진 일이었다. 마리안이 손에 쥐고 있던 목줄을 놓친 것이다. 바리케이드를 넘어 도로까지, 네 발로 성큼성큼 달려가는 녀석을 막을 재간은 없었다. 심심한 박수 소리가 사그라지는 동안에 개 짖는 소리 역시 점점 옅어졌다. 소리는 해가 지는 방향으로 멀어지고 있었다.

개는 어딘가로 떠나 버렸고 옅은 바람에 국기 하나가 천천히 추락했다. 독일이었던가? 체코였던가? 어느 나라의 국기였는지 정확히 기억나지 않는다. 누군가의 발에 밟혀 짓이겨질 때까지 바닥에서 가만히 펄럭이던 모습만 떠오른다.

마리안을 좋아했다. 그녀를 좋아했던 이유를 찾으려고 들면, 그날 바닥에 떨어진 국기의 국적처럼 모호하다. 독일이었던가 체코였던가. 까닭 없이 바닥에서 펄럭이던 그 얇은 천 조각의 모습만 남았다. 그리고 그날, 해지는 쪽으로 달아나는 개를 차마 보지 못하고 눈을 질끈 감았던 마리안의 잿빛 얼굴이 아른거린다.

그녀는 다음은 없어야 한다고, 다음 생 따위는 없을 거라고 했다. 꼬장꼬장한 노인의 모진 말이라고 생각했는데, 그녀의 부고 소식에 마음이 조금 바뀌었다. 다음이 없어도, 다시 만나지 않아도 괜찮을 것 같다. 그녀와 해야 할 이야기는 그날 그것이 전부였다. 우리가 좋아하는 어느 작가와, 남편과 아들을 잃은 한 여자의 기구한 운명, 그녀의 곁을 서성이던 죽음의 애티튜드에 관한 이야기, 그 정도면 충분하다. 술기운이 섞인 입김을 타고 어딘가를 향해 증발해 버린 말들이지만, 나이와 국적에 상관없이 우리는 서로에게 충분한 호감을 표했고 인연만큼의 충실한 시간을 나눴다. 그러니 다음 같은 것을 생각하며 아쉬워할 일은 아니라고 생각한다. 모호한 다음을 기대하고 싶지 않다. 만국기 아래에서 눈을 감은 그녀의 모습만 오래도록 간직하고 싶다.

장례식에는 마리안이 후원을 하던 연극인, 음악인, 시인들이 모였다. 한 편의 시를 읊고, 노래를 부르고, 그녀가 좋아하던 음악에 맞춰 누군가 춤을 췄다.

베로닉이 눈물을 그쳤다. 울다가 놓치기에는 아까운 아름다운 시와 노래였으니까. 다만 고인의 영정 사진이 아쉽다. 조금 더 예쁘게 나온 것을 골랐더라면 좋았으련만. 그러나 예쁜 모습, 그것은 마리안이 아닐 게다. 그녀의 처진 턱과 귓불, 심술궂으나 다정함을 품은 눈빛, 그것만 담겨 있어도 충분하다. 그래도 저 사진은 너무한 것이 아닌가! 아무리 봐도 머리를 빨갛게 염색한 화난 불독 같다.

피식, 웃음이 새어 나왔다. 술 한 잔을 한 탓이다. 좋아하지 않는 위스키를 마셨다. 마리안이 남겨 놓고 간 술이다. 미리 위스키 다섯 병을 사 두었다고 한다. 요즘 두 병을 사면 한 병을 반값에 할인해 주는데, 그것도 모르고 융통성 없는 그녀는 제값을 주고 하나씩 사서 쟁여 놓으며 이날을 준비했을 것이다. '마지막으로 찾아온 손님들에게 한 잔씩 대접해라'라는 싱거운 유언도 남겼다던데, 사후의 대접까지 알뜰하게 챙겼다니, 그 여자다운 생각이다. 생전에도 그랬다. 벌이가 시원치 않은 예술가들을 시골 극장으로 불러 어떻게든 무대를 마련해 주고 위스키를 대접했다. 장례식에 모인 많은 이들이 그 귀한 술의 맛을 기억한다.

　사람들은 그녀가 남긴 위스키를 마시고 노래를 했다. 천장에 만국기를 걸었더라면 축제라고 해도 손색이 없었을 것이다. 가끔은 서로의 등을 쓰다듬었고, 자주 보듬어 안았다. 두꺼운 실로 짠 스웨터를 입은 시인의 어깨가, 배가 나온 음악가의 품이, 습하고 차가운 가을 공기를 막아주는 위안이었다.

　'집에서 태어났고 집에서 죽었다.'

　마리안의 생은 그렇게 간단한 문장으로 함축되어 묘비에 새겨질 것이다.

　'시들 꽃은 애초에 가져다 놓지도 마라'고 했다던데. 꽃을 가져다 놓는 일이 죽은 사람을 위해서가 아니라 산 사람을 위한 것이라는 걸 누구보다 잘 알았을 그녀가 그런 말을 했다니, 조금 의아했다. 남편과 아들의 무덤에 꼬박꼬박 꽃을 가져다 놓은 그녀였다. 횅한 무덤을 보고 싶지 않은 마음을 모를 리 없을 텐데. 어쩌면 남편과 아들의 무덤을 생각해서 한 말일지도 모르겠다. 행여 자신의 무덤에만 꽃이 놓여 있을까 봐, 남편과 아들의 무덤까지 부탁하고 갈 염치가 없어서. 그 모든 생각을 짊어지느라 죽음에게 방문을 쉽게 열어 주지 못했던 것은 아닐는지. 마지막까지 그녀가 붙들고 있었을 고민들이 결코 가벼운 것이 아니었음을 짐작한다.

생과 사, 무엇이 축복이고 무엇이 저주인지 잘 모르겠다. 사후의 위스키나 무덤 위의 꽃들, 그런 것들은 모두 무엇을 위해서인가? 삶을 위해서인가, 죽음을 위해서인가?

어쨌든 죽은 이의 청원은 받아들이지 않겠다. 무덤에 꽃을 가져다 놓는 것이 산 사람의 일일 것이다. 이제 마리안은 할 수 없는, 나의 몫이 되었다. 그녀에게 딱 어울리는 들꽃 한 다발을 가져다 놓겠다. 그곳에서 자라 그곳에서 죽어도 어색하지 않은, 눈에 띄지 않는 어여쁨으로 마리안의 죽음을 치장하고 싶다.

운구차가 마리안을 싣고 그녀의 집을 떠날 때, 기도를 올리는 사람들 틈에서 나는 무엇을 빌어야 할지 몰라 암소처럼 뜨거운 콧김만 뿜었다. 차마 다음 세상을 빌 수는 없었다. 위로도 지긋했다던 그녀에게 또 다른 생을 안겨 주는 것은 횡포가 아닌가. 그렇다고 길고 지루한 마지막을 보낸 그녀의 소원대로, 다음 생이 없기를 기도할 수도 없다.

마리안을 위해 무엇을 빌어야 하는가. 답을 찾을 수 없는 것은 삶과 죽음 중 어느 것이 축복이고 어느 것이 저주인지 결론을 내리지 못했기 때문이다.

다만 그녀가 그토록 원했던 완전한 소멸은 불가능할 것이라고 생각한다. 그녀를 향한 나의 일방적인 추억이 그것을 허락하지 않을 것이다.

그리하여 여기, 생을 다한 마리안을 적는다.
아무것도 아닌 글로 오래 남을 것이다.

Vers le Sud

어쨌든 길 위에 있는 한,
우리는 불안을 뒷자리에 태우고 달려야 했다.

남향

남부로 내려가는 길은 길고 지루한 여느 도로와는 달랐다. 내려다보면 아찔한 계곡이 이어졌고, 마른 땅을 뚫고 힘겹게 고개를 내민 식물들은 내가 사는 고장의 것과는 또 다른 강인함으로 생명력을 자랑했다. 태양의 얼룩 같은 회색을 품은 녹읍이 바람에 쉬이 몸을 뒤집었다.

제일 먼저 중부와 남부를 갈라놓은 것은 빛이었다. 고속도로를 달리다가 지중해로 향하는 미요교에 들어서자마자 빛이 달라졌다. 하얗게 번뜩이던 그 빛은 대지를 향해 보다 넓게, 더 강렬하게, 후한 인심을 쓰고 있었다. 오베르뉴를 떠날 때만 해도 남부까지 가려던 것은 아니었는데, 달리다 보니 어느새 하향이었다. 지금 생각해 보면 놀라울 것도 없는 일이다. 삶이 언제 계획대로 된 적이 있었던가. 출발하는 순간부터 그저 불안한 기색을 숨긴 채, 차례로 펼쳐지는 길을 따라 달렸을 뿐. 지도가 있었다고 한들 뚜렷한 목적도 방향도 없었던 내게 무슨 소용이 있었을까. 그러니 손에 쥔 것 없는 오늘의 나도 내 탓만은 아닐 것이다. 스스로를 너무 나무라지 말자. 한 번도 가 본 적이 없는 길에서 나는 당연히 했어야 할 방황을 했을 뿐이다.

그날 운전하는 동안 M이 유독 말이 없었던 것은 우리의 늙은 고집쟁이, 마쓰다 때문이었다. 마쓰다는 M이 학교를 졸업하자마자 100만 원을 주고 산 낡은 중고차로, 몇 번의 접촉사고에도 엔진 하나만큼은 끈질기게 버텼던 요물이었다. 어디를 가도 놀림거리였던 그 차를 타면서도 큰 거부감이 없었던 것은, 마쓰다만의 낭만이 있다고 믿었기 때문이다. 그것에는 빈티지한 디자인도 한몫을 했지만 80년대 탐정 드라마에서 나올 법한, 뚜껑이 닫히고 열리는 헤드라이터가 화룡점정이었다. 벤츠 따위는 절대 흉내 낼 수 없는 유머러스함과 어떻게 다뤄도 상관없는 여유로움, 그것이 마쓰다의 매력이었다.

파리에서 오베르뉴까지 매트리스를 싣고 달린 것도 마쓰다였고, 노르망디의 바다까지 M과 내가 첫 드라이브를 했던 차도 마쓰다였다.

그러나 우리의 천하무적 마쓰다에게도 본격적인 노화가 찾아왔다. 숱한 시련을 다 이겨냈건만, 결국 가벼운 접촉사고 하나가 화근이었다. 클래식한 뒤태를 자랑하던 그것의 엉덩이가 완전히 짓눌려 버렸다. 몇 번을 고심하다 결국 고치지 못했던 것은 찻값보다 수리비가 더 비쌌기 때문이었는데, 완전히 고장 날 때까지 쓰는 것 외에는 달리 방법이 없었다. 크게 얻어맞은 곳은 엉덩이인데 충격 탓이었을까, 마쓰다가 점점 망가지기 시작했다. 찌그러진 트렁크 사이로 빗물이 새어 들었고, 냉각기에서는 소량의 물이 흘렀으며, 에어컨에서는 뜨거운 바람이 나왔고, 창문을 여닫는 것도 영 시원치 않았다. 그러니 그 늙은 차에게 장거리 운전은 큰 무리였을 것이다. 지하철이면 충분했던 파리와는 다르게 오베르뉴의 생활은 차 없이, 대중교통에만 의지하는 것이 불가능하다. 이동 거리가 너무 크고, 버스나 기차가 다니지 않는 곳도 많으며, 배차 간격도 길다. 그렇기 때문에 마쓰다 같은 고물차라도 당장 고장이 나면 아쉬울 수밖에 없다. 그런데 정말 궁금한 것이 있다. 차를 한 대 사는 것이 그리 쉬운 일인가? 찻값이 지나치게 비싸다고 생각하지 않는가? 나에게 차 한 대를 사는 일은 소설 한 편을 쓰는 것보다 더 어렵다. 글을 쓰는 일을 가볍게 여겨서가 아니라, 아무리 땅을 파도 십 원 한 장 나오지 않는다는 진리 때문이다. 그러니 얼마나 터무니없는 여행이었던가. 낡은 차 한 대를 희생시켜 가며 불분명한 욕구를 해소하려 했다니. 우리들의 주머니 사정을 조금 더 진지하게 생각했다면 그렇게 충동적인 행동을 하진 않았을 것이다. 늙은 차에게는 또 얼마나 무정한 짓인가. 늙은이를 마라톤에 출전시

키는 것과 다름없지 않은가. 지중해 앞에서 차가 멈추기라도 한다면, 그 일을 우리는 도대체 어떻게 감당하려고 했던 것인지.

사실 마쓰다의 가장 이상적인 죽음은 차고에서 일하는 옆집 남자의 곁이라고 생각했다. 기왕이면 이상하고 무서운 소음을 내지 않고, 얌전히 시동이 꺼지길 바랐다. 작고 단단한 몸집을 가진 옆집 남자가 연장을 들고 달려와 마쓰다의 장기를 하나씩 떼어 낸 후 적당한 값을 쳐주기를 기대했다. 물론 그것이 새 차를 사는 데 큰 도움이 되진 않겠지만 보험비 정도에는 보탬이 될 수도 있었을 테니까. 여하튼 그것 역시 어디까지나 나의 계획이었을 뿐, 당연한 일이겠지만 마쓰다의 마지막을 내 마음대로 정할 수는 없었다.

지친 차에 발길질을 하며 우리는 기어이 미요교를 건넜다. 옅은 오렌지색 지붕들이 드문드문 보이기 시작할 때, M은 핸들을 틀어 고속도로를 빠져나갔다. 여행도 남향도, 모든 것은 순식간에 이루어졌다. 우리의 늙은 차는 벗겨진 정수리에 남부의 햇살을 담뿍 받으며 마지막 힘을 다해 낯선 길을 달렸다. 사실 특별한 목적지가 있었던 것은 아니지만 미요교를 건너는 순간 여정의 끝이 지중해가 될 것이라고 짐작했다. 파란 장벽이 나올 때까지 달려야 끝이 날 것 같았다. 더는 갈 수 없는 짙고 푸른 물 앞에서 무책임한 여행이 유감없이 꺾이기를 바랐던 것이다. 여정의 끝, 집으로의 회귀, 그렇게 깨끗하게 결론이 내려지기를 기대했다. 그러니까 나는 어딘가에 당도하기도 전에 돌아갈 구실을 찾았던 것이다. 결국 먼 길을 돌아가는 수고스러움을 감수하면서, 왜 그토록 우리는 여행을 꿈꾸는 것일까. 여독이 쌓인 무거운 허리를 눕힐 내 집까지 고단한 길을 달리며 나는 무엇을 기대했던 것일까.

M은 마을에 진입하면서 속도를 조금씩 낮췄다. 비포장 도로를 달리며 반쯤 열린 창으로 맞이하는 바람의 세기와 차체의 덜컹거림, 사방으로 튀는 자갈의 소리가 좋았다. 그것은 내가 감당할 수 있을 만한 불편함이었다. 보잘것없는 속도와 그에 걸맞은 장애물, 거기에 따른 자잘한 충격, 그런 것들은 커다란 희열 혹은 극심한 고통과는 거리가 먼 삶이고 나는 그 안에서 안정감을 느꼈다. 모험조차도 일정한 틀을 벗어나지 않으려고 발버둥 치는 주제에 바다라니. 그속에 수억 개의 생명들이 어떻게 일렁이고 있을 줄 알고. 생각해 보면 부끄러운 일이다. 나의 바다를 향한 욕망은 그렇게 얕고 추상적이었다. 성난 파도를, 그것을 견뎌 내는 생명을 나는 감당할 수 없다는 것을 몰랐던 것일까.

고백하자. 나는 그 정도의 적당하고 얄팍한 마음으로 모든 것을 꿈꿔 왔다.

'정말 바다에 갈 거야?'라는 M의 물음에 '그럼 어디로 가야 하지?'라고 되물었다.

덜컹거리는 마쓰다는 올리브나무의 행렬을 따라 달렸다. 회백색 돌담 사이를 비집고 나온 여린 잎에서 마중 나온 계절이 보였다. 봄은 이곳에 먼저 와 있었다. 창문을 활짝 열어 부드러운 바람을 만지고 싶었지만 차가 말을 듣지 않았다. 무언가에 걸렸는지 유리창은 살짝 열린 상태에서 끼익하는 소리만 냈고, 사람이 뿜어내는 열기가 더해진 차 안은 금세 공기가 답답해졌다. 두꺼운 외투를 입고 있었던 우리는 땀을 흘렸다. 겨울 내내 잊고 지내던 달갑지 않은 분비물은 묵은 계절의 냄새를 감추고 있었다.

한번 차에 시동을 걸면 멈출 줄을 모르는 M에게 차를 세워 달라고 졸랐던 것은 봄을 잡기 위해서였다. 외투를 벗고 손을 뻗으면 초록이 손바닥으로 스며들 것만 같았다. 이 거리에서 수줍게 마중 나온 봄의 손을 잡아 보려 했던 건, 오랜만에 만난 따스한 기운에 불쑥 고개를 내민 낭만 탓이었다.

올리브나무 길을 천천히 지나 빗장을 걸어 잠근 수도원 앞에 차를 세웠다. 사람이 없는 거리, 천사를 들어 올린 분수대에서 시원한 물줄기가 쏟아지자 우리들의 점퍼에서 찬 계절의 무겁고 습한 냄새가 올라왔다. 겨울 동안 갈아입지 않은 그 두 점퍼는 닳을 대로 닳아져서 남부의 태양 아래 초라하게 벗겨졌다.

분수대의 물소리는 소녀들의 재잘거림처럼 청량하고 산뜻하게 흩어졌다. 물은 고여 있다가 어딘가로 흐르고, 또 다시 위로 솟구쳤다. 몇 번이고 돌을 통과하며 스스로 정화된 물이라고 믿고 싶었으나 식수가 아님을 나타내는 표식이 선명하게 새겨져 있었다. 장난스러운 물줄기가 등을 때렸다. 보풀이 일어난 검은 티셔츠는 차라리 벗어 던지는 것이 나았을 것이다. 할 수만 있다면 어느 집에 몰래 들어가 빨랫줄에 넌 알록달록한 치마를 훔쳐 입고 싶었다. 그날의 남프랑스는 무채색의 무게가 견딜 수 없어지는, 색의 발현을 기대하게 만들던 곳이 아니었을까.

분수대에 몸을 기댔다. 겨울에 지친 몸을 씻으려는 듯 물방울은 머리와 목덜미를 적셨고 남부의 빛에, 까끌까끌하고 따뜻한 돌의 촉감에 잠재웠던 감각을 깨웠다. 프랑스에서 십 년을 넘게 살면서 잊고 지냈던 낯섦의 눈을 되찾았던 것이다. 모든 것이 의미를 안고 달려와 나를 깨웠다. 아주 오랜만에 은색의 비늘 같은, 날 선 정교한 감각이 살갗에 느껴졌다.

순식간에 허기가 찾아왔다. 그저 속이 허한 느낌이 아닌, 씹고 물고 핥아서 과육의 모든 맛을 입안에서 녹이고 싶은, 야생의 허기짐이었다. 흙의 냄새가 남은 것들을 맛보고 싶었다. 플라스틱 용기 안에 박제된 음식이 아닌, 숨구멍이 남아 있는 것들을 향한 욕망이었다. 보온병에 담긴 커피가 전부였던 아침 식사 탓에 허기짐은 일찍부터 찾아왔다.

동네를 돌면 무언가 나오지 않겠냐는 말에 M의 반응은 회의적이었다. 그는 '아무도 없다'라는 뜻으로 '다 죽고 없다'라는 표현을 사용했는데, 사람이 없어 보이기는 했으나 그렇게까지 끔찍한 단어라니, 그럴 리가 없다고 생각했다. 나는 분명 그곳 어딘가에서 출렁이는 물소리를 들었고 물의 파동이야말로 생명이 꿈틀거리는 소리라고 믿었다. 나는 M의 소극적인 움직임에 불만을 품었다. 이미 죽어 버린 것으로 간주하고 돌아서려는 것이, 늘 포기가 빠른 그의 성격을 보여 주는 것만 같아서 마뜩잖았다. 그래도 무언가 있을 것이라며 벌떡 일어서는 내게, M은 완전히 닫히지 않는 마쓰다의 창이 불안하다고 몇 번이고 말했다.

고장이 날까 무섭다는 M의 말에 귀를 막고 막무가내로 걷기 시작했다. 동네를 뒤지면 작고 아담한 식당이나 바구니 한가득 빵이 담겨 있는 빵집 하나 정도는 나오지 않을까, 계획도 없이 그저 막연한 생각으로 걸었던 것이다.

회갈색이 섞인 돌집, 오렌지색 지붕과 우리의 뒤를 은밀하게 밟는 갈색 고양이, 둥근 바람을 품은 대기는 골목에서 골목으로 이어질수록 신비감을 더했다. 봄은 의외로 차분한 발걸음으로 다가왔다. 호들갑 없는 고요한 자태를 보며 그제야 그 새침한 계절의 본심을 조금 이해할 수 있었다.

한 시간 정도 걸었을까? 문을 닫은 빵집 외에는 정말 아무것도 없다는 것을 확인할 때 즈음에 M이 말했다.

"덧창이 모두 닫혀 있잖아."

올리브색, 하얀색 덧창 그리고 그 위에 새겨진 얼룩들은 황금 테가 아니라 바람과 비, 햇볕에 몸살을 앓은 철문의 녹이었다. M의 말대로 그것들은 야무지게 입을 닫고 있었다.

"볕이 너무 강해서가 아닐까? 여기는 남부니까."

M은 고개를 저었다. 가만히 움직이는 그의 고갯짓이 생생한 소리가 되어 돌아왔다. 멀리서 희미하게 들려오는 자동차 소리는 걸어서 갈 수 없는, 저기 멀리 떨어진 도로에서 들려오는 것이었다.

동네에 차가 없다는 M의 말을 듣고 나서야 그 거리의 지나친 고요를 눈치챘다. M이 옳았다. 빈집들은 휴가철에만 이용하는 별장 혹은 제값에 팔지 못해 버려진 폐가가 분명했다. 통로와 구멍, 창과 문이 모두 막혀 있었는데 M은 그것이 떠돌이들이 몰래 들어와서 사는 것을 막기 위함이라고 설명했다. 가려진 창을 보며 그 옛날 누군가 머물렀던 시간들을 상상했다. 언젠가 아이들이 뛰어놀고 어른들이 낮잠을 자던 그곳의 오후는 봄이 온 줄도 모르고 문이 잠긴 어느 집 거실 액자 속에 갇혀 있었을 것이다. 그렇다면 분수대에서 흐르던 물줄기는 소녀들의 재잘거림이 아니라, 차라리 유령들의 흐느낌이라고 해야 하지 않을까. 낮이고 밤이고, 혼자 솟구쳐 올랐다가 떨어졌을 물방울의 찬란함이 안타까웠다.

우리는 허기를 참으며 차에 올라탔다. 올리브나무 길을 다시 지날 때는 애써 결실을 보게 될 그린 색 열매의 안타까운 운명을 생각했다.

여정의 끝, 추락, 흙으로의 회귀, 요약하면 참으로 쉬운 말이다.

나는 기름진 올리브가 혀에 닿을 때 부드럽게 감싸는 촉감과 차갑게 터지는 과즙, 물컹했다가 쫄깃해지는 식감을 몇 번이고 떠올렸다. 허기는 한껏 부풀어 올랐다가 순식간에 푹 가라앉았다. 뱃속에 주먹만 한 구멍이 뚫린 것 같았다. 퍽퍽하고 촘촘하고 질긴 어떤 것으로 이 구멍을 메우고 싶었다.

올리브나무 길 끝에는 오색찬란한 성이 있었다. 플라스틱과 일회용 컵이 쌓인 성, 맥도널드. 우리는 그곳에서 고무 같은 패티가 들어 있는 햄버거를 질겅질겅 씹어 먹으며 기분 나쁘게 손가락 사이로 흘러내리는 케첩을 핥아 먹었다. 손가락의 끈적임은 새까만 티셔츠에 쓱 닦으면 그만이었다.

M이 맥도널드에서 정말 바다로 갈 것인지 물었을 때 쉽게 대답할 수 없었던 것은 얼마나 더 가야 바다가 있을지 짐작할 수 없었기 때문이었다. 케첩과 마요네즈를 듬뿍 올린 감자튀김에 집중할 수 없을 만큼, 쉬운 결정은 아니었다. 그냥 돌아가기에는 아깝고, 계속 가자니 무언가 찜찜했

다. 그때 내가 느꼈던 알 수 없는 불안은 텅 빈 마을에서부터 찾아온 것인지, 곧 엔진이 꺼질 것 같았던 마쓰다 때문이었는지, 다시 생각해도 분명하지 않다.

그러나 결론은 생각보다 쉬이 내려졌다. 돌아가는 길은 이미 너무 멀다, 그러니 가자, 이미 떠난 길이다, 라고 말했던 M 때문이었다. 네 번 시동을 건 끝에 겨우 반응을 보이는 마쓰다에 대한 반항심이었을까? 그는 어쩐지 화난 표정으로 지중해까지 쉬지 않고 달렸다. 나는 맥도널드 특유의 기름 냄새가 퍼진 차 안에서 손가락에 묻은 소금기를 빨며 창문을 열기 위해 안간힘을 썼다.

언제 멈출지 모를 고물차에 의지하며 까닭 없이 지중해에 집착했던 것은 모험심이 아닌 오기였을 것이다. 진땀을 흘리며 달렸던 마쓰다와 우리들에게, 그날의 바다는 그저 온화하기만 한 에메랄드빛 희망은 아니었다. 선택의 여지가 없었다. 어쨌든 길 위에 있는 한, 우리는 불안을 뒷자리에 태우고 달려야 했다.

마쓰다는 안타깝게도 지중해에서 로맨틱한 죽음을 맞지 못했다. 여행에서 돌아와서도 한참을 고군분투하다가 대형마트 주차장에서 장렬하게 생을 마쳤다. '꿍'하는 귀여운 소리를 내며 주저앉았는데 주차한 자리에 물이 흥건하게 고여 있었다. 남부 여행 이후, 점점 심각하게 물이 새어 나오던 냉각기 탓이었다. 어쩌면 남부에서 내가 이따금씩 들었던 물소리가 냉각기의 누수 때문이 아니었을까, 의심해 본다. 그날 역시 생각보다 꽤 많은 물이 새어 나왔다는 사실을 집에 돌아와서야 알았다.

마쓰다를 폐차장에 넘기고 신형 소형차를 샀다. 어쩔 수 없는 구매였다. 그러나 무엇을 위해서 두 발로 해결할 수 없는 범위의 삶을 살아야 하는 것인지, 나는 여전히 알 수 없다. 차가 없으면 아무것도 할 수 없으니, 나의 두 다리는 점점 무능력해진다.

그날 지중해 바다가 어땠는지 잘 생각이 나질 않는다. 오는 길에 엔진이 과열되지 않을까, 차가 멈춰 서는 것이 아닐까, 걱정했던 기억뿐이다.

요즘도 남부에 가고 싶다는 생각을 가끔 하지만 쉽게 떠나지 못하고 있다. 새 차는 여러모로 마쓰다보다 안정감도 있고 따지고 보면 지중해까지 그리 먼 거리도 아닌데, 계산기를 두드리게 된다. 차를 바꿨으니 할부금이라는 또 다른 지출이 생긴 것이다. 조금 더 계획성 있게 살아야 할 때다.

그러나 한 가지 이상한 것은 어떻게도 떨쳐 내지 못하는 불안감이다.

무작정 떠난 여행에도, 계획성 있는 삶에도, 고물차에도, 새 차에도, 불안이란 녀석이 여전히 한 자리를 차지하고 있다. 매일 달리는 길의 모퉁이를 돌 때, 녀석은 뒷좌석에 태연하게 앉아 내 뒷덜미를 붙든다.

어쩔 수 없다. 길 한복판에 차를 세울 수 없으니, 당분간 은 함께 달릴 수밖에.

목덜미가 뻐근하다. 불안 탓이다.

Café de Flore

실제로 존재했거나,
존재하고 있으나 절대 내 것이 될 수 없는 무언가는
무서운 판타지가 된다.
여행객들에게도 파리지앵들에게도 파리의 낭만은
형체가 분명하지 않다.
사르트르가 즐겨 찾았다는 전설의 카페 드 플로르는
분명 거기 있으나 더는 그때 그것이 아니다.
그래서 우리는 파리를 그토록 사랑하고 미워하는 것일까?

카페 드 플로르

겨울비가 마르지 않은 파리는 여전히 질척하고 차가웠
다. 우중충한 하늘을 머리에 이고 검은 포석을 밟으며 파리
6구의 골목을 걸었다. 3월, 감기에 걸리기 좋은 계절이다.
크게 숨을 들이마실 때마다 가슴에 통증을 느꼈다. 미열이
났다. 목을 시원하게 내놓고 다닌 것이 화근이었다. 며칠
동안 불었던 부드러운 바람에 봄의 시작을 기대했건만, 금
세 사라져 버렸다. 3월은 아직 덜 끝난 무언가와 새로 다가
올 어떤 것 사이에서 참을성을 잃게 만든다.

이제 파리는 나에게 여행지가 되었다. 7년 동안 살면서
보지 못했던 것들이 비로소 눈에 들어오지 않을까 생각했
으나 이 도시는 크게 달라진 게 없다. 갤러리 혹은 마카롱
가게 앞에 줄을 선 관광객들의 새로운 시각과 미각을 갖고

싶다. 그러나 오래된 습관은 슬금슬금 제자리를 찾아간다. 나는 몇 년 전에 그랬듯이 팔짱을 끼고, 고개를 숙이고, 느린 걸음으로 천천히 내 안에 갇힌다. 파리는 외부와 통하는 문을 닫고 내면에 고립되기 좋은 도시다.

6구의 골목에는 대저택들이 숨어 있다. 길에서 보면 여느 건물과 다를 것 없어 보이지만 육중한 문을 열고 들어가면 비밀의 정원과 17, 18세기에 지어진 아름다운 저택이 감추어져 있다. 언젠가 그곳의 정원을 엿본 적이 있다. 한적한 밤 저택의 문이 마법처럼 열렸다. 금요일 저녁, 입장료가 없는 공연을 찾아 어슬렁대던 중이었다. 천천히, 무겁게 문이 열리고 은은한 불빛이 어두운 골목에 쏟아졌다. 나는 그 따뜻한 한줄기에 하마터면 불청객이 될 뻔했다. 의외로 소박한 옷차림의 사람들이 가벼운 재즈 음악을 들으며 샴페인을 마시고 있었고 분수에서 청량한 물소리가 들렸으며 캐비어와 연어를 올린 카나페가 수북이 쌓여 있었다. 18세기에 만들어진 웅장한 저택이었다. 어느 몰락한 귀족의 것이거나, 혹은 80세가 넘은 공작부인의 것일 수도 있다. 18세기 저택에 누군가 살고 있다는 것도, 21세기에 공작부인이라는 신분이 존재한다는 것도 놀라운 일이지만, 저기 안쪽과 바깥쪽의 세상이 묘하게 다른 온도로 돌아간다는 것이 신기했다. 분명 비슷하나 달랐다. 안과 밖이 단절되어 있는 것은 아니다. 다만 억울하다고 느꼈던 점은,

언제든지 열리는 그 문을 넘나들 수 있는 쪽이 바깥에 있는 사람은 아니라는 것이었다.

나는 그들이 화려한 드레스나 턱시도가 아니라 빈티지 진과 캐시미어 스웨터를 입고 있다는 것에, 벤츠나 BMW가 아닌 매우 앙증맞은 스쿠터와 디자인이 예쁜 자전거를 타고 입장한다는 것에 묘한 질투심을 느꼈다. 비슷한 것을 가지고 있지만 분명 다르다는 것 그리고 그것이 무엇인지 꼬집어 말할 수 없음이 씁쓸했다.

그러나 사람은 왜 균등한 기회를 갖고 태어날 수 없는 것인가에 대한 의문을 가질 필요는 없다. 그런 답 없는 질문을 할 바에야 오늘 점심으로 무엇을 먹을지 고민하는 편이 낫겠다.

생제르맹데프레의 레스토랑들은 대체로 비싸지만, 중국 식당과 샌드위치 가게는 파리 어디에나 있다. 생각해 보면 대부분의 사람들은 대저택 밖에 살고 있지 않은가? 우리는 저들보다 숫자상 절대적으로 우세하다.

물론 '저들'과 '우리들'이라고 편 가르기를 시작하는 나의 문장은 고백하건대 자격지심이다. 언제나 선택권을 조금 덜 가진 쪽은 삐뚤어지기 십상이다. 어쩌면 대저택의 문을 언제든지 넘나들 수 있는 그들의 기준은 '저들'과 '우리들'이 아닌, '너'와 '나'인지도 모르겠다. 우월의식이나 피해의식이 아닌, '나와 다른 너'가 있을 뿐이라는 것을 배웠을 것이다.

그러나 내게는 때때로 그것조차 상처가 되기도 한다. '나와 다른 너'를 받아들이는 것이 두렵다. 안락한 '우리'가 좋다. '우리' 속에 숨어서 느끼는 열등의식은 위로가 된다. 한 가지 확실한 것은 파리가 '우리'보다는 '나'와 '너'가 어울리는 도시라는 것이다. 그리고 그런 점은 꽤 오랫동안, 아니 지금도 나를 우울하게 만든다.

나와 다른 수많은 '너'가 '나'를 스치고 지나간다.

대낮부터 술에 취한 노숙자, 화판을 들고 있는 학생들, 길바닥에 주저앉아 케밥을 먹는 젊은이들, 맥주 한 잔을 시켜 놓고 릴케의 시를 읽는 부인, 헤밍웨이를 닮은 시가를 피우는 남자, 목소리가 큰 이탈리아 학생들, 수학여행을 온 그들은 거리를 밝히는 조명을 온몸으로 흡수한다. 주근깨와 붉은 반점을 만든 태양과는 다른, 하루살이와 불나방이 꼬이는 빛이다. 나는 그들 사이를 걸으며 여전히 점심 메뉴를 고민했다. 순간순간 찾아드는 '나'라는 존재에 대한 성찰과 이유 없이 복잡한 마음을 잊는데 먹는 고민만큼 좋은 것은 없다.

생제르맹데프레 수도원까지 걸어가는 길, 우디 앨런의 영화 〈미드나잇 인 파리〉처럼 순식간에 이 거리가 1920년대 파리로 둔갑했으면 좋겠다는 엉뚱한 상상을 한다. 거기서부터 시작하고 싶다. 환경이 만드는 자유로움, 천박함과 고귀함을 넘나드는 예술과 문학, 그런 것들을 아무렇지 않게 소화하는 법을 배우고 싶다. 파리에 개똥만큼 많다는 카페에서 당장이라도 황금시대로 떠나는 마차를 부를 수 있을 것만 같다.

파리의 낭만이란 게 그런 것일까? 그러고 보면 우디 앨런의 영화는 참 영리하다. 지금은 거대한 쇼핑몰과 관광지로 변해 가는 이곳에서, 사람들이 원하는 흔적을 기가 막히게 찾아낸 것이 아닌가.

실제로 존재했거나, 존재하고 있으나 절대 내 것이 될 수 없는 무언가는 무서운 판타지가 된다. 여행객들에게도 파리지앵들에게도 파리의 낭만은 형체가 분명하지 않다. 사르트르가 즐겨 찾았다는 전설의 카페 드 플로르는 분명 거기 있으나 더는 그때 그것이 아니다. 그래서 우리는 파리를 그토록 사랑하고 미워하는 것일까?

나로 말하자면 오랫동안 파리를 미워했다. 수도원을 등지고 서서, 오랜 시간 키워 왔던 미움을 깨닫는다. 모두 어딘가로 향하는 거리에서 갈 곳을 몰라 우두커니 서 있던 시절, 내게 파리는 한없이 냉정했다. 모든 대도시가 그러하듯 건물과 건물 사이에서 부는 바람은 차가웠다. 해가 없고 비가 잦았던 3월에는 얼마나 지독한 감기에 걸렸었던가! 한 달 내내 기침이 멈추지 않을 때, 혹시 큰 병이라도 걸린 것이 아닐까 갑자기 두려워졌을 때, 주위를 돌아보면 사방에서 기침 소리가 들렸다. 나만 길고 지루한 감기를 앓은 것은 아니었던 모양이다. 호흡기에 균이 자라는 데는 파리의 3월만큼 좋은 환경이 없다. 어둡고 습한 대기, 다닥다닥 붙어 있는 카페의 테이블과 기침을 할 때 입을 가리지 않는 사람들, 청결과는 거리가 먼 지하철, 시야를 뿌옇게 만드는 담배 연기까지, 감기 바이러스에게는 최상의 서식지다. 역시 감기는 낭만을 이긴다.

따뜻한 차 한 잔을 마시는 게 좋겠다. 레 두 마고와 카페 드 플로르 사이에서 갈등한다. 생제르맹데프레에 왔으니 문학의 카페를 그냥 지나칠 수 없는 게 여행자의 자세다.

지하철역 근처에 정차한 버스에서 관광객들이 내렸다. 봄을 품은 색의 향연이다. 빨강, 노랑, 총천연색의 등산복들은 순식간에 사람들의 시선을 사로잡았다. 태양은 없지만 얼굴을 반쯤 가린 선글라스와 전염병이 도는 것도 아닌데 착용한 마스크, 그들의 존재는 1920년대에 찾아온 먼 미래처럼 어우러지지 않는다. 나는 관광객들 사이에 섞여서 깃발을 든 남자의 설명을 들었다.

'헤밍웨이, 앙드레 지드가 하루 종일 커피를 마시며 집필을 하고 사르트르와 보부아르가 사랑을 나누었다는 레 두 마고와 카페 드 플로르는 문학의 거리의 상징이자 실존주의와 초현실주의의 요람이다.'

간결하고 깔끔한 해설이다. 사르트르의 책을 읽지 않아

도 카페 드 플로르에 앉아서 셀카를 찍을 수는 있다. 실존주의와 초현실주의가 이제 와 무슨 소용이 있겠는가? 그저 그런 용어들을 잘 외워서 3분 안에 간략하게 설명할 수 있으면 된다. 깃발을 든 남자는 사람들이 원하는 것이 레 두 마고와 카페 드 플로르가 주는 문학적인 이미지이지, 문학 자체가 아니라는 것을 누구보다 잘 알고 있다.

언젠가 '사르트르가 궁금하면 서점에 가면 될 일이다'라고 말했던 L이 떠올랐다. L은 대학 선배였고, 시를 썼다. 몇 년 전, 여기 생제르맹데프레에서 그녀를 만난 적이 있다. 그녀는 카페 드 플로르에서 비싼 맥주와 핫 초콜릿을 마시며 투덜거렸다. 그날 유독 냉소적이었던 선배는 대학 시절 내가 알고 있던 모습과 달랐다. 동그란 안경에 유행이 지난 셔츠와 청바지를 입고 떨리는 목소리로 자신의 시를 읽던 여린 여대생은 없었다.

L의 시를 기억한다. 여름 장마와 정종, 땅콩 그리고 친구에 대한 이야기였다. 꾸밈없는 단어와 쉼표의 만남은 한여름의 정종과 땅콩, 장마와 친구처럼 거부감 없이 전달되었다.

어느 장맛비 내리는 날, 사람 없는 일본식 선술집에 앉아 입안에 곰실곰실 땅콩을 넣으며 정종을 마셨을 L을 몇 번이고 상상했다. L이 쓰는 시가 L의 말이라고 믿었다. 뜨거운 장맛비의 온도를 담은 말이었다.

L의 냉소가 취업의 어려움, 쥐꼬리만 한 월급, 사생활이라고는 없는 노동 때문만은 아니었을 것이다. 그렇게 간단히 설명되지 않는, 길고 끈질긴 절망의 꼬리가 있다. 나는 그날 L이 줄줄 읊었던 사르트르의 작품, 『구토』의 몇 구절을 들으며 괴로워했다. 아르바이트 시간이 얼마 남지 않았던 나에게, 한국으로 돌아가 다시 취업을 고민해야 할 L에게, 그것은 참으로 지루한 문학이었다. L은 사르트르의 글은 좋지만, 그의 부르주아적인 취향은 마음에 들지 않는다고 말했다. '이렇게 비싼 음료와 음식을 먹으며 실존주의를 논하다니, 다 배부른 소리였군'이라던 L의 말은 반은 농이고 반은 진심이었을 것이다. 그날 테라스에서 찬바람을 실컷 맞고 한동안 감기로 앓아 누웠다. L이 주고 간 감기약을 침대 머리맡에 두고, 꽤 오랫동안 L과 그녀의 시를 생각했다.

그날을 생각하자니 카페 드 플로르에 앉아 L이 시켰던 핫 초콜릿이 마시고 싶어졌다. L의 말을 빌려 '더럽게 비싼 초콜릿 녹인 물'은 너무 진해서 자꾸 목에 걸렸다. L이 옳다. 사르트르가 천재적인 작가일지는 모르겠으나 카페 취향은 그저 그런 듯하다.

갸르송들의 빠른 걸음과 주문, 계산을 재촉하는 말투에 마음이 상한다. 역시 관광지의 명소는 언제나 실망감을 안겨 준다. 그럼에도 불구하고 은쟁반을 높게 든 남자들과 보부아르가 사랑했던 붉은 소파를 사진에 담는 사람들 그리고 굳이 추운 날에 여기 테라스에 앉아 핫 초콜릿을 마시는 나, 우리 모두 어쩔 수 없다. 혹시 모를 낭만을 기대하게 된다. 지금은 이렇게 춥고 속이 싸하지만, 시간이 지나면 그것조차 아름다웠노라고 우기고 있을지도 모르는 일이다.

파리가 그렇다. 개똥과 오줌 냄새 진동하는 거리에 서서 콧물을 흘리던 기억은 어느새 사라지고, 떠나고 나면 반짝이던 풍경만 남는다.

3월이 그렇다. 겨울과 봄의 경계에서 한바탕 감기를 앓고 나면 그때의 공기와 냄새, 떠난 도시에 대한 잔상, 그 풍경 속에 있던 사람들을 생각하며 이런 잡문을 쓰게 된다.

이제 내게 감기약을 줬던 L은 잊힌 사람이 되었다.

다시 만날 일이 있을까?

3월의 어두운 거리도, 카페 드 플로르의 명성도, 대저택도, 1920년대를 품은 생제르맹데프레도 여전하다. 변한 것은 유행에 따라 달라지는 관광객들의 옷차림과 최신 버전의 아이폰 그리고 이제는 파리의 여행자가 된 나뿐이다.

열이 조금 더 오른다. 쓸쓸한 낭만보다 따뜻한 집이 낫겠다. 파리에 더는 내 집이 없음을 절실히 느낀다. 집으로 돌아가자. 이렇게 여행의 교훈은 매번 똑같다.

"이것은 희극인가? 비극인가?"

내가 물었다.

"인생이 희극도 됐다가 비극도 됐다가 하는 거지 뭐."

세르지오가 대답했다.

그런데 세르지오의 말에 의하면

희극을 연기할 때는 비극처럼 진지하고 처절하게,

비극을 연기할 때는 희극처럼 가볍게 해야 한다더라.

우리는 술 한 잔에 얼마나 가벼워졌던가?

얼마나 많이 웃었던가?

그렇다면 우리는 지금 비극을 연기하고 있는 것인가?

어느 늙은 배우

머리 위로 태양을 이고 걷는 세르지오는 무대 위에서 헐떡이던 그가 아니다. 거죽과 힘줄 그리고 약간의 근육이 남은 그의 다리는 지반이 약한 땅을 단단하게 내디뎠다. 제법 가파른 경사지다. 나는 그의 약한 무릎을 걱정했으나 그는 발바닥에 힘을 주는 방법을 알고 있다고 했다. 발바닥 전체에 신체의 무게를 골고루 분산시키는 것인데, 그가 무릎 수술을 한 후 터득한 방법이다. 그렇게 걷는 것에 숙달된 세르지오가 얼마 전 무대에서 넘어졌다. 30년 배우 생활 중, 이렇게 보기 좋게 무대에서 넘어진 것은 처음이라고 고개를 숙이던 그는 자신의 실수를 납득할 수 없는 모양이었다.

그야말로 명쾌한 실수였다. 시원하게, 하필이면 '나는 햄릿이다'를 외치고 이유 없이 고꾸라졌으니 배우에게 그것만한 비극이 어디 있겠는가? 무대에서 새하얗게 질려 버벅거리는 세르지오를 보는 것은 정말이지 괴로웠다.

"매일 이 길을 지나다니는가? 이렇게 가파른 길을." 나는 그에게 물었다. 별것 아니라는 듯 성큼성큼 걷는 그의 발걸음은 자신감이 넘쳐 보였다. 그러나 무게가 없고, 뭉치는 성질이 없이 부서지는 이 흙은 위험하다. 비라도 온다면 하염없이 깎여 내려갈 텐데. 이런 곳에 집을 짓다니, 세르지오! 그저 경치가 좋아서, 앞뒤 계산 없이 덜컥 기둥을 세운, 순진한 배우다운 선택이었다.

물론 전망이 좋은 건 사실이다. 저기 멀리, 옹기종기 모여 사는 도시와 그곳을 나가고 들어오는 차들이 보인다. 높지 않은 언덕에서부터 몰려오는 구름의 속도로 한 계절이 지나갔음을 짐작할 수 있었다. 여름 내내 자랐다가 이제 시들어진 풀들은 몸이 꺾였고, 세르지오는 그것들을 허리춤에 찬 기다란 칼로 순식간에 베어 냈다. 깨끗하고 날렵한 솜씨다. 베어진 것들은 가을 들판에 던져졌다. 흙은 시든 풀의 초라한 죽음을 품어 줄 것이다.

앞으로는 텃밭이, 뒤로는 과수원이 있는 드넓은 정원이다. 정성껏 손질한 곳도, 자라는 대로 방치해 둔 자리도 적당히 어우러졌다. 세르지오와 그의 아내, 두 사람이 먹고 살만큼의 야채와 과일이 나오는 곳이라고 했건만 올해는 힘든 모양이다. 봄에 몇 번이고 내린 서리와 여름 내내 극심한 가뭄으로 가을 수확을 기대할 수 없다고 했다.

플라스틱 물병을 잘라서 만든 모종 화분, 옥수수 통조림과 강낭콩 통조림, 마당 구석에 높게 쌓아 둔 장작, 세르지오의 시간이 엿보였다. 허리를 구부리고 손바닥이 뜨거워지도록 일을 했을 것이다. 뜨거운 태양을 온몸으로 받아내고, 비가 오는 날에는 미끄러지지 않게 조심조심 발을 내딛는 그를 상상했다. 그는 흙이 잔뜩 묻은 신발을 부끄러워했다. 더러운 신발 탓에 누군가의 집에 초대라도 받게 되면 난감하다고 말했다. 사람들은 흙을 싫어하니까. '사람들이 얼마나 흙이 싫었으면 거리에 죄다 아스팔트를 깔았겠는가'라고 그는 말했다. 그래서 친구들을 잃었을까? 집안에 흙을 묻히는 세르지오가 싫어서 모두 하나둘씩 떠나갔을까?

혼자 남겨진 그는 대사를 외웠다고 했다. 손을 비벼 새끼를 꼬고, 매듭을 매고, 가지를 꺾고, 흙을 나르면서 '나는 햄릿이다'를 몇 번이고 내뱉고 곱씹었다고 했다.

스물여덟, 처음 연극을 시작해서 지금까지 그는 몸을 쓰며 대사를 외웠다. 가만히 책상 앞에 앉아서는 외워지지 않는다. 한 줄 읽고 풀을 뽑고, 다시 한 줄을 외우고 흙을 파며 대사를 외우는 것은 머리가 아니라 몸이 기억하게 만드는 방식이다.

"이제 그만하는 게 좋을까?"

세르지오가 물었다. 열매를 하나도 맺지 못했다는 자두 나무의 검은 가지를 보고 있던 찰나였다. 갑자기 날아든 질문에 나는 잠시 망설였다. 병든 나무들이 영 시원치 않은 판에 그런 쓸데없는 생각을 하고 있었다니. 나는 그에게 내가 대답해 줄 수 있는 것이 아니라며 고개를 저었다.

얼마나 시달렸으면 열매가 없을까, 모조리 가지치기를 당할 운명이다. 그래도 세르지오, 그는 그럭저럭 좋은 시대를 살았지 않았던. 이제는 보이스 밴드의 공연장에서나 가능한 열기와 열광이 그때는 있었으니까. 로미오를 향해, 햄릿을 향해 사람들이 꽃을 던졌지 않은가. 그가 몸으로 대사를 외우는 동안, 요즘 배우들은 대본을 깔고 앉은 채로 방구석에서 비디오 게임을 한다. 그것이 창백하고 마른 그들의 몸짓이 흐느적거리는 이유다. 모두 비타민D 결핍증에 시달리고 있는 걸 아는지. 공연이 끝나면 스무 명도 되지 않는 관객들에게 눈인사를 건네고 서둘러 집에 돌아간다. 텅 빈 냉장고 속 싸구려 맥주 한 캔이 유일한 위로다. 늦은 밤, 푹 꺼진 침대에 누워 잠을 청해 보지만 이미 끝난 연극의 대사가 선명히 살아서 그를 괴롭힌다. 느리게, 그러나 여전히 펄떡이는 심장의 소리가 캄캄한 밤을 채운다.

그러고 보니 내가 그랬다. 어젯밤에 맥주를 한 잔 마시고 송장처럼 누워서 무엇을 생각해야 할지를 몰라 머리가 멍해졌다. 머릿속에 생긴 바늘 같은 구멍으로 무언가 살살 빠져나가는 느낌이다. 생각해야만 하는 것들이 힘없이 사라져 가고 있다. 덕분에 예의상 펄떡이는 심장은 게으른 비만병을 겪는 중이다. 매일 똑같은 일상에 넌덜머리가 난다고 화를 냈던 것도 모두 오래전의 일. 최소한의 에너지로, 시늉만 해도 부족하지 않은 삶이다. 이렇게 계속 조금씩 빠져나가고 사라지고 느려지다가, 어느 날 모든 게 멈추게 될까? 그러면 끝인 것일까? 아, 별거 아니군. 그렇게, 끝. 마지막이라는 게 고작 그런 것일까?

차라리 엎어지고 싶다. 강하게 부딪쳐서 코뼈가 부서지고 입술이 터지고 싶다. 아니다, 이대로가 좋다. 몸을 살살 아껴 가며, 오래 버티다가 희미해지면 되겠다. 아니다, 사실은 피로하다. 긴장과 기대가, 느슨함과 무력함이, 모든 것은 피로함으로 귀결된다.

제대로 엎어진다면, 아플까?

얼마 전 공연에서 세르지오가 넘어진 것은, 그저 미끄러졌거나 발을 잘못 내디딘 것은 아니었다. 그의 몸은 균형을 잃었다. 몸이 한쪽으로만 기울어지고 있다. 어느 순간부터 자꾸 옆으로 걷게 된다고 했다. '꽃게가 되어 간다'라고 말하며 그는 웃음을 터뜨렸다. 잇몸이 바짝 올라가 뿌리를 드러낸 검은 치아를 보며 그의 나이를 깨달았다. 순식간에 휠체어를 타게 될지도 모를 일이다. 그가 두 발로 서 있지 못하게 되면, 여기 정원에서 그의 손길을 기다리는 생명들도 함께 쓰러질 것이다.

"어쩌면 몸을 조금 덜 쓰는 극이라면 가능하지 않을까? 가만히 앉아서 표정 연기에 집중할 수 있는 그런 역할들. 사무엘 베케트의 〈크라프의 마지막 테이프〉 같은, 그러니까 노년을 표현할 수 있는……"

거기까지 말했을 때 세르지오의 얼굴을 당신이 봤어야 했는데. 흙처럼 부서질 것 같았다. 안개에 녹아 없어질 것 같은 늙은 배우의 얼굴이 거기 있었다. 그리고 그가 말했다.

"구멍이 났었어. 완전 백지였어. '아' 다음에 '어'가 오는 것도 모르겠더군."

우리는 테라스에 앉았다. 빗물과 기름을 적당히 먹은 삼나무 테이블의 향이 진했다. 그리 차지 않은 흑맥주는 쌉쌀하며 고소했고, 가을은 서늘하게 목덜미를 끌어안는다. 땅콩을 집는 그의 손을 보았다. 흙이 낀 손톱이 새까맣다. 침을 묻혀 대본을 넘기던 손가락의 지문이 닳았다. 구멍이라, 그렇지. 그건 구멍이었다. 세르지오는 대사를 통째로 날려 버렸다. 기억이 되돌아오기를 간절히 바라며 같은 문장을 반복하고 또 반복하는 동안 객석은 술렁이기 시작했고, 나는 그의 절망적인 눈빛을 차마 마주할 수 없어 눈을 감았다. 나의 늙은 친구는 땀과 수치심으로 범벅이 되어 녹아 버릴 것만 같았다.

나는 그의 머릿속에 동그랗게 생긴 구멍을 상상한다. 그 안으로 빠져나가는 조명의 위치, 동작, 대사 그리고 햄릿.

수많은 햄릿을 보았다. 광기의 햄릿, 철학적인 햄릿, 젊고 아름다워서 짜릿했던 햄릿, 그러나 내가 본 가장 처절한 햄릿은 세르지오의 그것이었다. 세르지오가 무대에서 넘어져서 버둥거릴 때, 노배우의 입에서 칼같이 날카로운 대사가 아닌 속이 텅 빈 공기주머니가 나올 때, 나는 철저히 무너지고 망가지는 햄릿을 보았다. 셰익스피어는 알았을까? 비극은 복수의 칼날이 겨누는 곳이 아닌, 플라스틱 가짜 칼을 들고 절규해야 하는 무대 위에 있다는 사실을. 무른 칼을 들고 대사를 잊어버린 늙은 배우보다 더한 비극이 어디 있겠는가? 늙고 지친 햄릿은 조명이 비추는 자리를 놓치고 말았다. 잔뜩 힘을 주고 있던 근육은 풀어지고, 동그랗게 벌린 입에서는 까만 망각의 덩어리가 빠져나왔고, 나는 최초로 햄릿을 보며 눈물을 흘렸다.

"끝을 생각하고 사는가?"
세르지오가 물었다.
"끝을 생각하고 살면 뭐가 다른가?"

나는 되물었다. 정말이지 궁금해서였다.

세르지오는 입을 닫는다. 그는 이 끝을 알았을까? 열매를 맺지 못하고 가지가 잘려 나가는 나무들과 가을의 찬 기운과 뜨거운 햇볕을 견디지 못하고 죽은 풀잎들, 칼을 뽑지도 못하고 무대에서 넘어져서 끙끙대던 햄릿 그리고 순식간에 햄릿의 옷이 벗겨진 노배우의 마지막 무대 말이다.

너무 무거운 이런 이야기들은 그만하기로 하자. 니콜 키드먼은 어떤가? 세르지오를 행복하게 만들어 주던 백만 불짜리 눈빛과 미소와 각선미. 그런데 그 여자는 도대체 늙지를 않아. 보톡스인가? 세르지오도 보톡스를 맞았으면 좋았을 것. 그랬다면 얼굴 근육이 흘러내리진 않았을 거야. 아니면 기후변화, 그것도 좋다. 이 정원의 채소와 열매들이 말라비틀어져 버린 게 모두 기후변화 때문이라던데, 그런 이야기들을 하면 어떨까? 맥주를 두세 잔 더 마시고 달콤하게 취해서 몇 날 며칠을 외웠던 햄릿의 대사들을 줄줄 쏟아내 버리자. 햄릿은 얼어 죽을! 로미오와 줄리엣은 레오나르도 디카프리오 이후에 망해 버렸잖아. 디카프리오와 클레어 데인즈가 수족관에서 천진한 사랑의 눈빛을 주고받을 때, 〈I'm kissing you〉 배경음악이 깔리면서 감독이 한 편의 환상적인 뮤직비디오를 찍어 버렸는데 이제 누가 연극을 보겠어? 아르바이트를 세 개씩 하는, 가난에 찌든 로미오와 밤마다 마신 맥주 탓에 뱃살이 처진, 기미가 낀 줄

리엣이 부둥켜안고 있는 걸 본들 누가 눈물을 흘리겠느냔 말이다. 헛소리를 하자. 낄낄 웃으면서 그렇게 연극의 마지막 길을 비웃자. 그것이 막차를 탄 광대를 위로하는 방법이다. 안 그래, 세르지오?.

광대가 꿈이었다고 했다. 어릴 때 길에서 엎어진 광대를 봤는데 눈은 울고 입은 웃으면서 벌떡 일어서는 광대를 보고 결심했다고 했다. 티브이 앞에 붙박이장처럼 앉아 있던 비만인 어머니와 무표정으로 먹고 자는 식물인간 같은 아버지처럼 되지 말자, 절대로 무대를 내려오지 말자, 뛰고 웃고 울고 널뛰는 광대가 되자, 그렇게 결심했다고 했다.

세르지오, 당신은 운이 좋지 않은가? 평생 광대로 살았으니 꿈을 이룬 것이다.

우리는 축배를 기울인다.

광대, 세르지오를 위하여!

"너는? 네 꿈은 뭐였어?" 그가 묻는다.

"그러니까 나는, 우리 집 앞에 3층짜리 건물이 있었는데 1층은 분식점, 2층은 마트, 3층은 사무실이었던가? 아무튼, 그 3층짜리 건물이 집 앞에 떡하니 버티고 서 있어서 앞이 안 보이는 거야. 거기, 그다음에 뭐가 있는지 알 수가 없잖아. 그래서 그게 내 꿈이 됐어. 거기 말고 다음, 거기 넘어 존재하는 세상, 그곳에 가는 거. 그러고 보니 나 역시 운이 좋았군. 이렇게 멀리까지 왔으니."

나는 독백 같은 말을 줄줄 읊었다. 몸으로 익힌 대사였을 것이다.

우리는 다시 축배를 들었다. 먼 길을 온 이방인을 위하여!

"이것은 희극인가? 비극인가?" 내가 물었다.

"인생이 희극도 됐다가 비극도 됐다가 하는 거지 뭐." 세르지오가 대답했다.

그런데 세르지오의 말에 의하면 희극을 연기할 때는 비극처럼 진지하고 처절하게, 비극을 연기할 때는 희극처럼 가볍게 해야 한다더라. 우리는 술 한 잔에 얼마나 가벼워졌던가? 얼마나 많이 웃었던가? 그렇다면 우리는 지금 비극을 연기하고 있는 것인가?

호물호물해진 오이를 질컹질컹 씹으면서, 눅눅한 땅콩을 어금니에 힘을 주어 깨물면서, 미적지근한 맥주로 목을 축이면서. 그것은 축배였다. 나의 친애하는 노배우의 어이없는 은퇴 무대를 위한 축제였다.

궁금한 게 있었다. 꼭 묻고 싶은 것이었다. 술기운이 기분 좋게 올라왔을 때, 나는 그에게 물었다.

"세르지오, 무대에서 엎어졌을 때 무슨 생각을 했어?"

그는 잇몸을 훤히 드러내며 대답했다.

"무슨 생각을 하긴 무슨 생각을 해. 딱 하나뿐이지. 이제 일어나야지."

이제 일어나야지, 넘어졌으니. 그 말이 맞다. 넘어진 후에는 일어나야 하니까.

술 취한 이에게는 위험한 경사지다. 여기서 미끄러지면 다리가 부러지든지, 당신 같은 노인이라면 죽을지도 모르겠다, 세르지오. 나는 자꾸만 풀리는 다리에 힘을 준다. 넘어지지 말아야지, 기를 쓴다.

아직 해가 지지도 않았는데 우리의 축제는 너무 일찍 끝이 나 버렸다. 세르지오는 여느 노인들처럼 소화가 편한 수프를 한 그릇 먹고 잠자리에 들 것이다. 햄릿의 대사를 이제 절반은 잊었을 것이다. 어두워져 발을 내디딜 수 없기 전에 끝내야 할 축제였다.

나는 늙은 친구의 마중을 뒤로하고, 네발 달린 짐승처럼 그곳을 기어 내려왔다. 조심조심, 머리를 숙여 땅만 바라봤다. 가을의 태양이 그렇게 화려하다던데 그런 것은 볼 새도 없이 고군분투하여 비탈길에서 살아남는다.

그리하여 지금 내 방, 휑한 책상 앞에 앉았다. 등이 굽은, 쭈그린 이 자세는 익숙하다.

나는 어쩌면 한동안 이렇게 몸을 숙인 채로 일어나지 않을 것이다. 내가 일어나지 않은 것은, 아직 넘어지지 않은 탓이다.

그래서인가? 거기 넘어 다음, 그곳이 보이지 않는다. 사방이 이렇게 탁 트였는데 나는 제자리에 웅크리고 앉았다.

La Canicule

나는 여전히 서러운 어떤 것을 쓰고 싶지 않으나
사라진 보라색 스웨터가 자꾸만 눈에 밟혀
글자가 되어가고 있다.
아무도 읽어 주지 않을까 봐 겁이 나지만
어디에도 기록되지 않고 사라지는 것들에 마음이 쓰인다.

폭염

덧창을 닫는다. 가능한 햇볕을 차단하는 게 좋다. 어제 한낮의 기온이 39도까지 올라갔다. 땅속 어딘가에서 커다란 솥이 끓고 있는 것만 같다. 한국의 고온다습한 여름과는 다른 절대적이고 직설적인 더위다. 오로지 태양, 그것만이 여름을 장악한다. 바람 한 줄기, 비 한 방울에게 양보하지 않는 그만의 세계다. Le soleil, 태양이 남성 명사인 이유가 분명해졌다. 그는 지독히 권위적이다. 바닥에 깔린 타일에 등을 대고 누워서 천장을 보았다. 얼룩이다. 사람 손이 닿지 않는 곳까지 삶의 흔적이 남았다.

나는 이곳에서 삼 년을 살았고 여름을 어떻게 견뎌야 하는지 알고 있다. 낮에는 숨고, 밤이 되면 창을 열어야 한다. 이웃들은 M이 공연으로 부재중인 사이, 혼자 남겨진 나를 걱정하고 있다. 삶의 무더위와 강추위를 충분히 겪은 그들에게 나는 보호해야 할 존재로 비춰지는 듯하다. 어쩌면 사람을 대하는 나의 소극적인 태도가 그들의 마음에 걸렸는지도 모르겠다. 언제나 겉도는 느낌이다. 혼자임이, 소통을 차단하는 일이 내게는 너무 익숙하다. 문을 닫고 여름을 피해 언제까지 숨어 지낼 수도 있지만 창을 열기로 했다. 생존을 알리는 것, 그것이 얽혀 있는 삶에 대한 예의라는 것을 배운다. 작은 마을에 살면서 깨닫게 된 것들이 있다. 여기 나처럼 숨 막히는 더위를 견디고 있는 이가 있다는 사실만으로도 위안이 된다는 것이다.

빛은 순식간에 공간을 장악한다. 열기에 쥐어 짜이지 않도록 몸을 조심스럽게 움직이는 게 좋겠다. 선풍기 한 대로는 해결할 수 없는 계절 앞에서 몸을 바짝 낮추는 편이 어설픈 반항보다 낫다는 것을 몸으로 배운다.

조용한 실내에 자판기 두드리는 소리가 울렸다. 태양의 시간은 은유가 없는 긴 산문 같아서 길고 지루했다. 더위는 무슨 짓을 해도 떨쳐 낼 수 없다. 나는 가만히 체념하고 자세를 고쳐 앉아 무언가를 쓴다. 빠른 속도로 두드리다가 멈추기를 반복하는 것은 침묵의 존재를 확인하기 위해서다. 거기, 가만히 옆에 있는가? 아직 녹지 않고, 외로움에 사라지지 않고.

문장은 계속해서 쓰였다가 지워지기를 반복한다. 나의 말은 농도가 옅은 물이어서 종이에 흡수되고 만다. 말을 먹은 종이의 무게는 7월 한낮, 네모난 방 안에 쏟아지는 일조량과 같다. 가득 차나 텅 비어 있고, 잡히지 않을 만큼 날렵하나 묵직하게 짓누른다. 그러나 내 안에서 나온 고작 몇 마디가 감당하지 못할 무게일 리는 없을 것이다.

계속 쓰기로 하자.

얼마 전, 집 앞 벤치에 얌전하게 개켜진 보라색 스웨터에 관한 이야기다. 나는 그 옷의 주인을 알고 있다. 그는 75세 정도 되는 노인으로, 포르투갈 출신이며 전직 타이어 공장 노동자였다.

우체통에 그의 이름이 적혀 있지만 사람들은 그를 뽀르뚜가 씨라고 불렀다. 악센트가 강한 터키 여자가 포르투갈을 발음한다는 것이 뽀르뚜가가 된 게 발단이라고 했다. 나는 그를 볼 때마다 『나의 라임 오렌지 나무』에서 제제가 그토록 사랑하던 남자, 뽀르뚜가를 떠올렸다. 멋진 뽀르뚜가가 기차 사고로 죽지 않았더라면, 제제 역시 그가 우리의 뽀르뚜가처럼 늙어 가는 모습을 지켜봤을 것이다. 머리숱이 없어지고, 표정이 사라지고, 계절을 놓치게 되는 모습들 말이다. 아침에 눈을 떠서 어디 한 곳에 우두커니 앉아 무언가를 하염없이 기다리는 것, 그것이 우리의 뽀르뚜가가 늙어 가는 방식이었다. 그는 매일 벤치에 앉아서 무언가를 기다렸다. 그것이 사람인지, 죽음인지, 어떤 희망의 소식인지는 알 수 없지만 그가 마중 나온 무언가는 기약이 없는 긴 기다림을 요구하는 듯했고 가끔 뽀르뚜가는 장난기 가득한 얼굴로 이렇게 말했다.

"아직 안 왔어."

주어가 생략된 문장에는 해석의 자유가 있다. 사람들은 그가 마중 나온 것이 무엇인지 제멋대로 추측했다. 그중 가장 신빙성이 있는 것은 죽은 아내와 집을 떠난 딸이었다. 동네 여자들은 뽀르뚜가가 정신이 이상해져서 죽은 아내를 기다린다고 했고, 노인들은 집을 떠난 딸을 기다리는 것이라고 했다. 뽀르뚜가의 딸은 소도시에서 미용실을 운영한다. 어쩌다 한 번씩 딸이 왔다 간 다음 날에는 그의 머리카락이 짧게 잘려져 있었다. 하얗고 가는 그의 머리카락이 휑하게 잘려 나간 자리에는 미처 다 보지 못한 늙음이 또 하나 붙어 있었는데, 그가 그곳을 긴 손톱으로 긁을 때마다 울긋불긋한 반점과 상처가 생겼다. 그는 늘 머리통과 등이 간질거린다고 했고, 그럴 때마다 나는 그의 스웨터를 의심했다. 각질과 먼지, 털실이 엉겨 붙은 그곳에서 기생하는 벌레들과 세균들이 간지럼증의 원인이었을 것이다. 여름이 되면 땀과 진물 때문에 병증이 더 심해지는지, 휑한 머리통에서 피가 날 때까지 긁어 댔다. 나는 그의 누런 손톱과 거기에 낀 하얀 때, 빨간 딱지가 보일 때면 고개를 돌리고 말았다. 바라보는 것만으로도 머릿속이 따가웠다. 손톱을 깎지 않은지 얼마나 됐을까? 두껍고 뾰족한 그것은 짐승의 발톱을 연상시켰다. 눈이 보이지 않아서 못 깎는 것일까? 늙는다는 것은 야생의 상태로 되돌아가는 일인지도 모르겠다.

뽀르뚜가 씨의 부재를 알린 것은 터키 여자였다. 텃밭에서 딴 토마토 한 바구니를 주려고 며칠째 찾아갔지만 아무도 없다고 했다. 그러고 보니 그의 집 앞에 늘 서 있던 84년식 푸조 자동차도 사라졌다.

설마 차를 몰고 나간 것인가? 운전대를 잡은 그를 상상할 수 없었다. 사실 그에게도 아내와 딸을 푸조에 태워 실어 나르던 시절이 있었을 것이다. 처음부터 팔다리에 힘이 빠진 노인인 사람은 없으니까. 그 역시 대부분의 사람처럼 꽤 많은 것을 해 왔을 거라 짐작하지만, 운전이라니! 무릎이 튀어나온 여윈 다리로 브레이크를 밟을 수 있을까? 햇볕이 쨍쨍한 날에도 두꺼운 스웨터를 입고 벌벌 떨던 그가 핸들을 잡을 기력이 있단 말인가? 겨우 시동을 걸었다고 한들 멀리 가지는 못했을 것이라 생각했다. 그는 이미 방향감각과 균형감각을 상실해서 몇 번이고 넘어지기도 했다. 그런 사람이 운전대를 잡는 것은 위험한 일이다. 게다가 얌전히 벗어 놓은 스웨터는 어쩐지 불길했다. 어떤 불행의 의미나 신호는 아닐는지.

터키 여자는 남겨진 스웨터에 대해 '그거야 날이 이렇게 더운데 당연한 거지'라고 말했다. 지금은 노인들이 죽어 나간다는 폭염이니까. 여름이 지나가면 유럽의 평균 연령

대가 젊어진다는 속설이 있다. 뽀르뚜가 역시 더위를 피해 달아난 것일까? 살이 늘어진 육체를 고스란히 내놓고 호숫가에서 유유자적하게 수영을 즐기거나 낚시를 하고 있을지도 모를 일이었다. 벤치에 앉아서 무언가를 기다리는 것이 지긋지긋해져서 벌떡 일어난 것이기를 바랐다. 그에게 그런 박력이 남아 있는 것이라면. 나는 그가 여름 내내 물속을 나체로 헤엄치다가 다시 돌아와 스웨터를 찾을 것만 같았다.

그래서 폭염에 남겨진 스웨터를 치우지 못했다. 무더위가 끝나고 아침저녁으로 쌀쌀한 바람이 불기 시작하면 생각날 옷이기 때문이었다. 오랜 물놀이에 입술이 파랗게 질린 그가 돌아올 때 스웨터를 입혀 줘야 하지 않은가, 하는 마음이었다.

비가 오지 않는 것은 텃밭을 가꾸는 터키 여자에게는 안된 일이지만, 뽀르뚜가에게는 다행이었을 것이다. 사람의 냄새와 사람이 빠져나간 냄새가 같을 리 없다. 사람의 체취는 견딜 수 있어도 부재의 냄새는, 그 공허함의 악취는 견딜 수 없다. 그런 것이 비에 적셔지기라도 하면, 더욱 무거워져서 서글퍼질 것 같다.

서글픈 글은 쓰고 싶지 않다. 이미 너무 많은 소설과 시가 서글픔을 노래하지 않았는가. 마치 삶의 주제가 그것 하나인 것처럼 우리는 너무 많은 서러운 문장들을 만났다. 이렇게 서글픔이 과잉 생산되는 세상에서는 차라리 뽀르뚜가처럼, 적당한 벤치에 자리를 잡고 아무것도 하지 않은 채 무언가를 기다리는 편이 나을 것이다. 그게 무엇인지 모르지만 서글프지 않은 어떤 것이 올지도 모르니까.

그러니 보라색 스웨터 이야기는 이쯤에서 그만두는 것이 좋겠다. 한여름의 조롱거리가 된 그것은 너무 무겁다. 아무도 무거운 이야기를 듣고 싶어 하지 않을 테니까. 나는 내 글이 계절을 모르는 스웨터가 되어 버려질까 봐 두렵다.

뽀르뚜가는 일주일 만에 다시 돌아왔다. 도로변에 차를 세워 놓고 앉아 있는 그를 본 누군가가 신고를 했다고 한다. 연락을 받은 딸과 지내는 동안 그의 머리카락이 짧아졌다. 횅해진 뒤통수에 새겨진 붉은 손톱자국을 보며, 그가 여기서 70km 떨어진 거리까지 직접 운전해서 갔다는 터키 여자의 말을 쉽게 믿을 수 없었다.

나는 뽀르뚜가가 먹었어야 할 토마토로 매일 파스타를 해 먹었다. 마른 땅에서 토마토는 달콤하게 자랐다. 터키 여자의 수다만큼이나 즙이 풍부하고 부드러운 토마토였다. 뽀르뚜가가 맛을 봤다면 좋아했을 것이다.

보라색 스웨터는 뽀르뚜가가 돌아오기 며칠 전에 사라졌다. 시에서 고용한 청소부들이 시원하게 물청소를 하면서 버린 듯했다. 물에 젖어 축 늘어졌을 그 옷을 생각하니 마음이 좋지 않다. 음식물 쓰레기, 담배꽁초, 휴지, 찢어 버린 편지 등과 뒤섞인 채로 뽀르뚜가의 냄새를 품고 소각장으로 떠났을 것이다.

　뽀르뚜가가 스웨터를 두고 간 이유는 정말 더위 때문이었다. '포르투갈의 태양은 뜨거울 테니까, 스웨터는 역시 너무 더워'라고 말하면서 딸에게 선물 받았다는 파란색 니트를 어깨에 걸쳤다. 여전히 한낮의 온도는 38도, 39도다. 그리고 그는 다시 벤치에 앉았다. 터키 여자가 뽀르뚜가 씨에게 또 누구를 기다리는 것이냐고 물었을 때, 그는 말없이 고개를 저었다. 그의 기다림은 끝난 듯했다.

　터키 여자의 토마토는 무럭무럭 자랐다. 대단한 열기에 과육이 터져 버릴 것 같은 그 열매를 뽀르뚜가와 오래 나누어 먹지 못했다. 뽀르뚜가가 다시 사라졌기 때문이다. 이번에는 아무것도 남기고 가지 않았다. 딸이 찾아와 야무지게 짐을 정리했고 집 앞에 잡동사니들만 산더미처럼 쌓였다. 모두 버리는 것이라고 했다. 지독히도 보잘것없는 것들이었다. 그는 요양원으로 갔다. 그의 84년식 푸조 자동차는 이제 갓 대학에 입학한 남자아이가 샀다고 한다. 역시 터키 여자에게 전해 들은 소식이다. 50만 원에 차를 구입한 그 아이는 신이 나서 여자 친구를 태우고 멀리까지 달렸을 것이다.

　제제는 뽀르뚜가를 보내고 열병을 앓았다는데 우리는 뽀르뚜가를 보내고 덤덤한 삶을 살아가고 있다. 낮에는 덧창을 닫고 밤에는 그것을 열어 생존을 알리며, 지금은 여기서 함께 잘 견디고 있음을 위로 삼는다.

빈 벤치에는 털이 더운 비둘기들이 앉는다. 언젠가 내가 앉게 될지도 모를 저곳에 아직 여름이 걸터앉아 있다.

나는 여전히 서러운 어떤 것을 쓰고 싶지 않으나 사라진 보라색 스웨터가 자꾸만 눈에 밟혀 글자가 되어 가고 있다. 아무도 읽어 주지 않을까 봐 겁이 나지만 어디에도 기록되지 않고 사라지는 것들에 마음이 쓰인다.

무더위가 꺾이면 생각해 보련다. 모든 일은 지나고 난 후 조금 더 분명하게 보이는 법이니까. 한여름의 스웨터가 서럽지 않은 글을 쓸 수 있으면 좋겠다. 혼자 남은 이도, 늙어 가는 것을 지켜보는 게 서러운 이도 없는 경쾌한 삶을 담은 글이라면 사람들이 좋아하지 않을까. 그러나 보라색 스웨터가 사라진 지금, 나의 문장은 추를 달고 가라앉는다. 뿌르뚜가가 차를 세운 어디 즈음에서 목적지를 잃고 길을 헤맨다.

무더위가 꺾이면 생각해 보자.

여전히 폭염이다.

Seule, dans la rue

가을비에 파리의 찬란했던 모든 색들이
씻겨 내려져 가고 있다.
이곳에서 이십 대를 보냈고, 누군가를 만나고 헤어졌다.
까닭 없이 좋아했고 미워했으며,
술에 취했고, 웃고, 울고,
뜨겁게 달아올랐으나 천천히 식어 버렸다.
그렇게 무언가 지나가 버렸다.
이제 가면 다시 오지 않을 그것이 흘러내리고 있었다.

거리에서, 혼자

텅 빈 전철이 머리 위로 지나간다. 스탈린그라드역의 지붕을 회색으로 덮은 것은 11월의 우울한 하늘과 비둘기 떼였다. 근처 카페마다 붉은 등을 켰다. 부슬부슬 내리는 비에는 낮과 밤이 적당히 섞여 있었으나 지금은 많은 이들이 몸을 부지런히 움직여 먹고 살아야 하는 문제를 해결해야 할 시간이다.

부르카를 쓰고 유모차를 밀며 바삐 걷는 여자들과 밀수 담배를 파는 흑인 남자들, 인터넷 카페에서 국제전화 카드를 사는 외국인들이 에펠탑이 보이지 않는 19구의 파리에서 스탈린그라드역의 철로를 바라본다.

한때, 에펠탑도 흉물이었다지. 그 철탑을 모두가 싫어했다고 한다. 나는 전철이 지나가는 철로 밑에 옹기종기 모여 있는 텐트를 바라보며 이곳의 운명이 궁금해졌다. 언젠가 에펠탑의 마법처럼, 이 황량한 역에도 환상의 불꽃이 켜지는 날이 올까? 그런 날이 온다면 사방에서 플래시가 터질 때, 저기 한 무더기의 빈곤은 모두 어디에 감추어야 하나.

오랫동안 길에 버려진 소파에서 이제 싹이 올라올 것만 같다. 희귀한 환경에서 적응하며 생명을 만들어 내는 것들은 어디에나 있기 마련이다. 발바닥이 시커먼 아이들이 땅에 고개를 박고 있는 것은 신을 향한 인사인지, 사람을 향한 구걸인지 알 수 없다. 그들 앞에 놓인, 바닥이 잘 보이지 않는 통조림통을 살핀다. 시커멓게 출렁이는 것은 며칠째 내린 빗물인가, 빵 한 조각을 살 수 있는 동전인가, 아니면 검게 자란 이끼인가, 나는 알 수 없다.

난민들과 노숙자들이 시청에서 나눠 준 텐트를 스탈린그라드 다리 밑에 펼쳤다. 그들은 지퍼를 반쯤 열고 목을 길게 빼서 19구의 시청을 바라보았다. 옛날 대저택이었던 웅장함이란! 어느 왕족이 살았던 모습을 상상하기에 충분했다. 흐린 날씨를 뚫고 찬란하게 빛나는 장식들은 이미 오래전에 연구와 계산을 마친 것이다. 적당한 아름다움으로는 11월의 공허함을 메울 수 없으니 더 화려하게 빛나야만 했을 것이다. 금테를 두르거나, 신비스러운 조각상을 붙이거나. 그러지 않고서야 축축한 바람과 음산한 안개를 뚫고 어찌 자태를 자랑하겠는가?

스탈린그라드의 얼룩진 회색 벽에 커다란 포스터가 붙어 있다. 〈가을의 밤, 클래식〉이라는 연주회다. 나는 그 음악회가 성공적이기를 바란다. 기분이 좋아진 사회주의자이자 엘리트들이 구걸하는 아이들에게 후한 인심을 쓸지도 모르니까. 아이들은 슈베르트의 음악보다 동전 떨어지는 소리에 더 감동을 받을 것이다.

한 남자아이가 나를 불렀다. 10살, 아니 그보다 나이가 더 많을 수도 있다. 앙상하게 마른 몸 탓에 나이를 쉽게 가늠할 수 없다. 그 아이는 내게 담배를 요구했다. 동전이 아니라, 빵이 아니라, 담배다. 문장이 아니라 무작정 단어를 내뱉는다. une cigarette, 담배 한 개. 우물 같은 눈을 깜빡였다. 연민을 자아내려는 의도는 없는 듯했다. 차라리 위협에 가까운 눈빛이었다. 나는 아이의 앙상한 발목과 거친 발바닥을 보며 난민들의 여정을 그렸다. 사막에서 배의 화물칸으로, 화물칸에서 다시 보트로, 보트에서 다시 항구의 물품 창고로. 몸을 수그리고 그 먼 거리를 건너왔다면 몸집이 쥐새끼처럼 작아졌을 테지. 여전히 아이로 남는 것이 여기저기 쑤셔 넣기에 유리했을 것이다.

그러니까 저 발은, 천재 발레리나의 그것과 닮았다. 가장 밑바닥에서 무게를 받치고 있는, 이유도 모른 채 뒤틀어져야 하는 운명이 아닌가. 저 작은 발로 사막을, 바다를, 국경을 건너왔다. 죽음의 고비를 몇 번이고 넘겨 그들에게 쥐어진 것은 비가 새지 않는 작은 텐트 그리고 스탈린그라드 앞마당이다. 여정은 거기서 끝나는 것인가. 스탈린그라드 역, 철로 밑, 눅눅하고 음침한 그 자리에서.

어쨌든 목숨은 건졌지 않느냐고 어느 낙천적인 신이 떠든다면 나는 그를 증오할 것이다. 그 무정한 양반은 나침반 하나 쥐어 주지 않고 이 복잡한 세상에 인간을 던져 버렸다. 그보다 훨씬 하찮은 인간도 지도를, 나침반을, 네비게이션을 만들어 내는데 그는 도대체 무엇을 했단 말인가? 저 아이들이 바다를 건너면서 반은 죽고 반은 살고, 다시 국경을 넘으며 그 반의반이 죽고 그 반의반이 살아남는 동안에 아무것도 하지 않은 그의 깊은 뜻을 나는 도무지 헤아릴 수 없다.

나는 아이에게 담배 대신 초콜릿을 건넸다. 언젠가 담배를 요구하던 노숙자에게 슈퍼에서 초콜릿을 사다 준 N이 떠올랐기 때문이다. 그들도 삶의 달콤함을 알아야 한다고, N은 그렇게 말했다.

초콜릿을 받은 아이는 까맣게 썩은 이를 드러내며 웃었다. 그의 웃음이 어쩐지 불편하다. 턱 주변에 푸르스름하게 올라온 수염 때문이다. 여자의 머리카락과 살결을 탐하는 사내들의 그것과 닮아서다. 그제야 그곳의 아이들 그러니까 9살, 10살, 12살 아이들이 모두 어른의 표정을 흉내 낸다는 사실을 깨달았다. 지나가는 남자들을 향해 사선으로 몸을 꼬는 소녀들은 그 몸짓의 의미를 알기는 할까? 남자아이가 이를 드러내고 웃을 때, 빠진 치아들이 유치가 아님에 섬뜩함을 느꼈다.

길을 건너야겠다. 노숙자들과 난민들과 밀매업자들을 뒤로하고, 도로 위로 미끄러지는 벤츠와 의류 상자를 실은 폴란드 트럭을 보내고, 분홍색 스쿠터를 탄 금발 머리 아가씨의 뒤꽁무니를 따라 19구를 벗어나려 했다. 대형 광고판에는 럭셔리 중동 여행 광고가 번쩍였고, 담배꽁초가 쌓인 쓰레기통 옆에는 볼테르의 문고판 서적과 엘르 커버의 브리지트 바르도가 추적추적 젖고 있다. 잉크 혹은 보톡스가 흘러내릴까 걱정이 될 정도로 말이다.

가을비에 파리의 찬란했던 모든 색들이 씻겨 내려져 가고 있다.

이곳에서 이십 대를 보냈고, 누군가를 만나고 헤어졌다. 까닭 없이 좋아했고 미워했으며, 술에 취했고, 웃고, 울고, 뜨겁게 달아올랐으나 천천히 식어 버렸다. 그렇게 무언가 지나가 버렸다. 이제 가면 다시 오지 않을 그것이 흘러내리고 있었다.

N이 떠난 그해에도 11월은 쓸쓸했다. N이 3년 동안 계약직으로 다녔던 회사가 끝내 정규직 계약을 거부한 탓에 체류증 연장이 불가능해졌고 강제 추방을 당한 것이다. 출

국 전에 차 한 잔을 마시자고 했건만 결국 보지 못했다. 시간이 맞지 않아서는 핑계였을 것이다. N은 파리에 질렸고, 나는 파리가 지겨웠으니까. 그것이 우리가 방문을 걸어 잠그고 파리의 가로등이 새어 들어오지 않게 덧창을 닫았던 이유다.

N과 내가 막 파리에 왔던 그해, 우리가 함께 보냈던 가을을 떠올렸다. 뤽상부르 공원에 떨어진 금빛 낙엽과 말하듯 노래하던 여자의 목소리, 노트 안을 채우던 불어 단어들, 우리는 지루하다고 말하면서도 큰 소리로 웃었다. 그 애와 내가 그림자처럼 붙어 다녀서, 끊임없이 말하고 쉴 새 없이 노래해서 늘 배가 고팠던, 외로움이 싫지 않았던, 공허하지 않았던 시간들. 파리라는 도시의 선명한 색깔에 마음껏 물들던 이십 대였다.

대학에 입학하고 그 애가 광고회사에 취직을 하며 N과 나의 관계는 소원해졌다. 밤 12시, 1시가 되어야 퇴근하던 그 애를 보려면 늦은 밤 상젤리제로 나가야 했다. 늦가을 사납게 내리는 비에 명품 가방을 가슴에 꼭 껴안은 그 애와 나 사이의 대화는 점차 빈칸이 많아졌다. 괄호 안에 들어가야 할 답을 알면서도 모르는 척했다. 불어 단어를 적은 노트를 넣기에 너무 작은 명품 가방 탓이라고 해두자. 아니다, 너무 많은 것이 뒤섞여 있는 내 배낭 탓일 것이다.

마지막으로 N과 내가 19구의 작은 바에서 만났을 때,

거리에서, 혼자   125

우리는 한때 서로의 룸메이트가 될 뻔했던 일을 떠올리며 아쉬워했다. 19구에 위치한, 방 두 개, 작은 거실, 귀여운 부엌이 있는 저렴한 아파트를 얻어서 살았다면 어땠을까? 새로 사귄 남자친구와 지난밤 파티 이야기를 하며 밤새 떠들었을 텐데. 노트에 빼곡하게 채운 불어 단어들을 함께 외웠을 텐데.

'후회가 많은 이십 대다.'

N은 그렇게 말했다. 나 역시 고개를 끄덕였다. 내 쪽에서 보낸 삶도 후회가 적지 않았다. 그러나 후회를 깊이 나누기에 19구의 밤은 위험했고 술집의 의자는 불편했다. 오래 긴 이야기를 나눌 수는 없었다. 나는 그저 직장인 N의 하소연에 지루한 표정을 지었고, 그 애 역시 내가 들고 있던 앙리 미쇼의 책을 심드렁하게 바라봤을 뿐이다.

스탈린그라드역에서 헤어질 때, 그 애는 파리가 싫어졌다고 말했다. 16구나 19구나, 쓰레기통 안에 들어 있는 것은 모두 마찬가지라고. 버려진 것은 다 똑같다고. 돈이 있는 쪽도 없는 쪽도, 뚜껑을 열고 보면 다 쓰레기라고. 변호사 남자친구와 헤어진 여파라고 생각했다. 쓰레기통이라니, 저기 저쪽에서 쓰레기통을 뒤지고 있는 저 남자에게 양해를 구하지 않고 우리가 어떻게 오물을 이야기할 수 있었을까.

지하철역 안에 N의 하이힐 굽 소리가 울려 퍼질 때, 사실 N의 작은 발과 그 발에 꼭 어울리는 명품 구두가 부러웠다. 저렇게 위태로운 것을 신고 스탈린그라드의 가파른 계단을 흔들림 없이 오르는 N은 이제 정말 다른 세계의 사람이 된 것 같았다. 그 애가 사라진 역 안으로 한 무리의 아랍 사내들이 뛰어 들어가는 것을 보았다. 내가 할 수 있는 것은 N이 명품 가방과 구두를 잘 지켜내기를 기도하는 것뿐이었다.

길을 건너며 그날의 N을 생각한다. 직장인의 피로함 앞에 지루한 일상이 부끄러웠던 것일까, 아니면 명품 구두 앞에 컨버스 운동화가 초라했던 것일까. 아니다, 우리가 함께 누웠던 뤽상부르의 잔디가 시들어 버린 것이 서글펐던 것이다. 나는 그날 N을 혼자 보냈다.

이제 이 길을 건너면 뷔트쇼몽 공원이다. 그리고 다시 공원을 가로지르면 작은 골목과 아기자기한 카페들, 불빛이 다정한 아파트가 있는 20구가 나오고 그곳을 천천히 걷다 보면 어느새 페를라쉐즈의 가을 낙엽이 발바닥을 간지럽힐 것이다. 속삭이듯 바스락거리는 그것은 얼마나 아름다운가? 가을이 번지는 그 길을 걸으며, 퇴색해 가고 시들어 가는 모든 것들이 다시 곱게 물들기를 기대해 볼 만하지 않을까.

그러니 같이 걸을 걸 그랬다. N이 이렇게 파리를 떠나게 될 줄 알았더라면, 그날 손을 잡고 공원의 담을 넘어 저물어 가는 파리를 탈출할 걸 그랬다.

또 후회다. 그날 N을 혼자 보낸 것이, 같이 걷지 않은 것이 후회가 된다. 그리고 절실하지 않은 이 옅은 마음이 조금 미안할 따름이다.

19구를 빠져나가며 자꾸만 뒤를 돌아본다. N이 떠난 파리의 11월은 그때도 그랬듯, 낡은 전철이 가난과 피로를 실어 나르고 있다. 나는 언젠가 N을 보냈던 그 자리를 뒤로하고 혼자 걷는다.

또 혼자가 됐다.

les pensées fragmentées pour le frigo

나는 그녀가 버려진 냉장고가 된 기분 따위는 까맣게 잊고,
드라마의 결말을 궁금해하며 잠이 들었으면 한다.
부은 발을 주물러 줄 아들이 있으니 행복하다,
가만히 속으로만 생각했으면 한다.
편지 따위에 옮겨 적을 만한 애절한 사연들은
만들지 말고 살았으면 좋겠다.
조금 바쁘고, 조금 무뎌졌기를.
더는 그녀의 편지를 기다리지 않는다.

냉장고를 위한 짧은 단상

냉장고가 고장이 났다. 냉동실 서리가 녹으면서 주방 바닥에 물이 흥건하게 고였다. 유통기한이 아슬아슬한 음식 몇 개와 물컹해진 오이, 짓눌려진 토마토에서 끈적이는 액체가 흘러나왔다. 밤새 더운 바람에 상한 야채들을 보니 고칠 것도 없겠다 싶었다. 별수 없이 버려야 했다. 꽤나 시끄러운 물건이었는데, 툭 하고 끝이 났다. 살아 있느라 그리 요란을 떨었던 모양이다.

누렇게 바랜 색, 때가 탄 손잡이, 문을 열면 카망베르 치즈 냄새가 고약하게 나던 그 이단 냉장고는 이제 곧 전자 제품 시장에서 사라질 것이다. 신제품의 탄생만큼 구제품의 소멸도 빠른 시대다.

언젠가 저렇게 고장이 난 전자 제품들을 배에 실어 가난한 나라로 보낸다는 다큐멘터리를 본 적이 있다. 폐기물을 처리하는데 환경 규제가 엄격한 유럽이 가전제품 같은 처리가 곤란한 폐기물들을 타국으로 내보낸다는 내용이었는데, 한마디로 돈을 주고 쓰레기 매립지를 사는 것이다. 유럽이 녹색 성장을 강조하면서 에코 시장을 확장하는 동안 인도, 중국, 아프리카 땅이 병들어 갔다. 앞으로 기하학적으로 늘어날 쓰레기를 소화하는 데는 아프리카 대륙으로는 부족할 것이다. 부유한 몇몇 나라들을 제외하고 곧 인류가 쓰레기 더미 위에서 살아야 하는 시대가 올지도 모르겠다. 그리고 그곳에서도 전염병 방지를 위해 우주복 같은 유니폼을 입은 맥도널드 직원들이 햄버거를 판매하고 있을 테지. 어쨌든 어떤 방식으로든 인간은 살아남을 것이다.

냉장고 하나가 고장 났을 뿐인데 대단한 환경론자 같은 이야기를 했다. 최근 환경에 관해 관심이 커진 것은 아무래도 M의 영향인 것 같다. 얼마 전 선거에서 M은 사회당이 아닌 녹색당 후보에 표를 던졌다. 그가 사회당을 버리고 녹색당을 선택한 것은 엄청난 변화다. 게다가 M이 변화를 매우 귀찮아하는 프랑스인인 것을 감안하면 급진적인 선택이 아닐 수 없다. 그가 아침마다 내게 읽어 주는 르몽드지에는 매일 환경에 관한 기사가 실리는데, 가만히 듣고 있노라면 이십 년 후 즈음이 두려워진다. 우리가 멀쩡하게 살아 있을 수 있을까? 친환경주의자와 살다가 괜히 비관론자가 되어 가는 것이 아닌가 싶다.

친환경주의자와 비관론자의 길은 '게으름' 앞에서 갈리게 된다. 얼마 전 슈퍼에 갔다가 유전자 변형 식품을 쓰는 상표는 무조건 안 된다는 M과 진열대 앞에서 싸운 적이 있다. 그의 기준을 따지면 10개 중 7개는 살 수 없고, 나머지 3개는 가격이 비싸거나 그 맛이 아니거나 아예 검증이 되지 않은 것들이다. 꼭 이렇게까지 해야 하냐는 말에 단호하게 고개를 끄덕이는 M에게 항복하고 말았다. 대형마트에 빽빽하게 진열된 수많은 물건 중 살 수 있는 게 이렇게도 없다니, 절망적인 기분이었다. 아마도 나라는 인간은 환경에 관한 걱정론자는 될 수 있어도, 환경을 위한 실천가가 되기는 어려울 듯하다. 무엇이든 실천은 분명 다른 문제다.

그러니 죄책감은 조금 들지만 이 고장 난 냉장고를 고쳐 쓰는 대신 버리기로 한 것이다. M에게 에너지 등급이 높은 것을 사는 게 전기 절약에 도움이 된다고 몇 시간 동안이나 설득해서 내린 결론이었다. 우리의 이단 냉장고는 그렇게 버려졌다. 지금 즈음이면 아프리카 대륙에서 모래바람을 맞거나 인도의 어느 강가에 묻혀 있을지도 모르겠다.

이제 진짜 냉장고 이야기를 시작해 보자. 냉장고를 생각하면 떠오르는 몇 가지 기억이 있다. 연대기 순으로 시작하자면, 가장 먼저 떠오르는 것은 방바닥에 주저앉아 마른 멸치를 집어 던지던 할머니의 모습이다. 한여름, 무더위에 내의만 입고 있던 할머니의 등에는 좁쌀 같은 땀띠가 번져 있었다. 커다란 선풍기 한 대가 시끄럽게 돌았고 바닥에 깐 대나무 자리 위에 개미 떼가 조용히 지나갔다. 나는 주방 근처를 어슬렁거리다가 심상치 않은 분위기를 감지하고 귀퉁이에 숨어 개미를 한 마리씩 죽였다. 개미 시체가 시커 멓게 쌓이는 것을 보면 이상한 쾌감이 느껴졌는데, 손톱으로 꾹 눌러도 피 한 방울 나오지 않는 생명체가 신기했다.

여름 오후의 햇살은 장판의 끈적이는 얼룩을 적나라하게 비췄고, 거기 발을 얌전하게 모으고 서 있던 엄마는 할머니의 호통에 무표정한 얼굴로 바닥을 나뒹구는 마른 멸치들을 가만히 응시하고 있었다.

할머니는 화가 날 때마다 냉장고를 뒤졌다. 켜켜이 쌓인 말린 생선과 버섯, 들깻가루, 은행, 깐 마늘을 하나씩 끄집어내며 엄마의 살림 솜씨를 나무라던 할머니의 분노는 대체로 이유가 없거나 이유가 너무 많아서 가늠하기 어려웠다. 입을 꼭 다물고 있던 엄마의 침묵도 내게는 이해할 수 없는 방식이었다. 어떻게 봐도 공평하지도 상식적이지도 않은 그들의 관계는 내게 오랫동안 부정의 대상이었다. 그래서인가? 그것이 트라우마인지는 모르겠으나 냉장고 문을 열고 서 있는 사람을 보면 어쩐지 화가 난 것 같아 보인다. 또 냉장고 문을 허락 없이 벌컥 여는 사람은 얼마나 무례한지. 지극히 사적인 영역을 침범당하는 것만 같아서 싫다.

그래서 말인데, 냉장고 회사에 제안을 하면 어떨까? 비밀번호를 눌러야 잠금장치가 풀리는 냉장고를 출시해 달라고 요청하는 것이다. 그런 신제품이 혹시라도 나온다면, 아직도 할머니와 같이 살고 있는 엄마에게 선물해 주고 싶다. 아니다. 엄마가 아니라, 동생이 결혼을 한다면 아내가 될 여자에게 사 주는 편이 낫겠다. 할머니 나이가 된 우리 엄마가 며느리의 냉장고를 뒤지고 있을지도 모르는 일이니까.

나는 절대 아니다, 나는 다를 것이다, 라는 말을 믿지 않는다.

'나는 우리 시어머니, 그 양반처럼 그렇게 못되게 굴진 않았다'고 할머니 역시 수도 없이 말했다. 그러니 믿지 말아야지. 어느 날, 누군가의 냉장고를 뒤지고 있을지도 모를 일이다. 그가 자신만의 방식대로 쌓아 둔 것들을 끄집어내며 네가 한 것은 모두 잘못됐다고 지적하다가, 땀때가 난 등을 신경질적으로 긁는 사람이 될 수도 있다. 그리고 그것을 어른의 충고라고 이름 붙이는 사람, 나 역시 그런 꼰대가 되어 있을까? 나도 나를 믿을 수 없으니, 아무래도 자물쇠를 단 냉장고가 빨리 출시되어야겠다.

냉장고에 관한 두 번째 단상은 언젠가 편지에 동봉되어 왔던 사진 한 장에 관한 것이다. 제법 긴 편지였다. 아들과 함께 수영장에 갔던 일, 수영을 마치고 남성용 탈의실에서 아이가 늦게 나와 혼자 발을 동동 굴렸다는 이야기, 어린

아들과 돌아오는 길에 싸운 일화 등, 그녀의 일상이 세세하고 꼼꼼하게 적혀 있었다. 소녀 같은 분위기가 물씬 풍기는 편지지를 보며 피식 웃음이 나왔다. 가만히 냄새를 맡아 보면, 보낸 이가 자주 쓰던 비누 냄새가 나는 것도 같았다.

그녀가 사는 동네의 시립 수영장 앞에는 자주색 동백꽃이 화사하게 피었다고 하던데, 그 밑에서 수영을 끝내고 먹는 햄버거가 맛있었다는 말에 수영장 매점에서 팔던 1500원짜리 햄버거를 떠올렸다. 잘게 자른 양배추와 푸석한 고기, 마요네즈와 케첩이 듬뿍 뿌려진 햄버거다. 동백나무 밑에 앉아서 끼니를 놓친 그녀가 그것을 꾸역꾸역 먹는 모습을 상상하니 밀키스 같은 옛날 음료수를 손에 쥐어 주고 싶어졌다. 체하지 않게 천천히 먹으라고 말해 주고 싶었는데, 내가 편지를 읽는 그 순간의 감정들이 그녀에게는 이미 모두 지나간 것들일 테니 어쩔 수가 없다.

별거 없는 일상을 꼼꼼하게 적은 것인가 싶었는데, 그녀는 편지의 마지막 장을 이렇게 마무리했다.

비 오는 날, 놀이터에 버려진 냉장고를 찍은 사진이다. 그것을 보며 나를 닮았다고 생각했다. 지금의 내가 그렇다. 코드가 꼽힌 채로 비에 젖은, 구제할 길 없는 고물이 되었다.

냉장고를 찍은 사진인지, 텅 빈 놀이터를 찍은 사진인지, 초점이 분명하지 않다. 사진이 영 흐린 것은 비가 왔기 때문인가. 버려진 냉장고가 된다는 것은 어떤 것일까, 오랫동안 생각했다. 누군가 그것을 버리기 위해 끙끙대고 들고 왔을 것이다. 거기까지 내다 버리는 수고를 감수할 정도로 엉망이 된 혹은 무용지물이 된 고철 덩어리가 그녀의 눈에는 서글펐나 보다.

그것이 그녀의 마지막 편지였다. 남편과 이혼을 하고 서울 어딘가로 이사를 했다고 들었는데 소식이 끊겼다. 그때 답장을 했었는지, 그것조차 기억이 나질 않는다. 남의 불행은 표정이 없는 얼굴을 하고 찾아와서 가만히 앉아 있다가 소리 없이 간다. 말 한마디 챙겨 주지 못하고 서운하게 보내고 말았다. 고장 난 냉장고를 보니 그녀가 떠올랐다. 이제는 정말 청춘을 다 보낸, 중년의 여성이 되었을 것이다. 나는 그녀가 버려진 냉장고가 된 기분 따위는 까맣게 잊고, 드라마의 결말을 궁금해하며 잠이 들었으면 한다. 부은 발을 주물러 줄 아들이 있으니 행복하다, 가만히 속으로만 생각했으면 한다. 편지 따위에 옮겨 적을 만한 애절한 사연들은 만들지 말고 살았으면 좋겠다.

조금 바쁘고, 조금 무뎌졌기를.

더는 그녀의 편지를 기다리지 않는다.

이제 마지막으로 내가 할 이야기는 우리가 버린 두 대의 냉장고에 관한 것이다. M과 내가 버린 첫 번째 냉장고는 맥주 6캔과 소시지 하나, 양파 한 망을 넣으면 더 이상 자리가 없는 호텔용 미니 바였다. 냉동실이 하나 있기는 했으나 작은 서랍이었고, 그것도 문이 잘 닫히질 않아 서리가 많이 꼈다. 될 대로 되라는 심정으로 무섭게 쌓이는 서리를 방치해 두었다가, 도저히 안 되겠다 싶을 때는 망치로 깨부쉈다. 한겨울, 바닥에 수건을 몇 개씩 깔아 놓고 사방으로 튀는 얼음 조각들을 정면으로 맞으면서 조각가처럼 얼음덩어리를 부수고 있노라면 '끝을 보리라' 하는 오기가 생겼다. 귀퉁이에 쪼그리고 앉아 M과 내가 번갈아 가며 망치를 휘두르는 동안에 우리가 걱정했던 것은 오로지 미지근하게 식어 가는 맥주뿐이었다. 저녁 같은 것은 먹지 않아도 그만이었지만 시원한 맥주는 포기할 수 없었다. 미지근한 맥주는 참을 수 없다.

몇 년 동안 미니 냉장고를 사용하면서 그것이 작아서 불편하다고 느낀 적은 없었다. 오히려 텅 빈 것이 허전하여 굳이 넣어도 되지 않을 물건까지 보관하고는 했으니 나름 유용하게 쓴 것이다. 그 작은 냉장고의 고장은 어느 날 갑자기 찾아왔다. 서리까지 깨끗이 제거했건만 이유 없이 멈추었다. 사실 며칠 동안 고장이 난 것도 모르고 방치해 두었다가, 문을 열었을 때 심하게 풍겨 나오던 악취와 냉장고 벽에 핀 곰팡이를 보고 할 수 없이 내다 버렸다. 그리고 보니 그날 M이 울었다. 이유를 물었더니 대답도 간단하게 돈때문이라고 했다. 누군가를 원망하거나 탓할 수 있는 울음이었으면 조금 더 나았을 것이라고 생각했다. 그날 돈이 없어서 힘들다고 말했던 M의 모습은 오래 상처로 남았다. 모르겠다. 분명 그가 잘못한 것도 내가 잘못한 것도 없는데, 우리가 돈이 없다는 사실이 아픈 상처가 되었다.

두 번째 냉장고, 그러니까 최근에 버린 그 냉장고로 말하자면 한동안 우리에게는 그것이 큰 자랑거리였다. 중고가 아닌 새것으로 장만한 첫 번째 가전제품이었고 시원하게 배달 비용까지 한 번에 지불할 수 있었기 때문이었다. M이 단막극에 비중 있는 역할을 맡게 되었고 꽤 많은 출연료를 받았다. 그것이 아니었더라면 새 냉장고는 꿈도 꾸지 못했을 것이다. 아마도 중고 냉장고를 사서 집까지 끙끙대며 가져왔을 테지.

냉장실과 냉동실이 나누어져 있는 이단 냉장고가 처음 우리 주방에 들어온 날, 지하철로 몇 정거장 거리에 있는 대형마트까지 가서 장을 봤다. 평소에 비싸서 망설였던 물건들을 샀고 할인하는 식품들을 넉넉하게 사서 가득 채워 넣었다. 새것처럼 오래 아껴서 쓰자고 다짐도 했고 열고 닫을 때마다 얼룩이 없는지 행주를 들고 몇 번씩 닦았던 기억도 있다. 그저 평범한 냉장고일 뿐이지만, 삶에서 중요한 무언가를 함께 장만한 기쁨과 우리의 삶이 분명 조금씩 나아지고 있다는 희망에 오래도록 그것을 아끼고 싶었다.

이제 우리는 세 번째 냉장고를 사게 되었다. M의 말에 의하면 사람 시체도 들어가겠다는 그 커다란 냉장고를 고민 끝에 3개월 할부로 구입했다. 고가의 제품이어서(적어도 우리에게는) 그런지 편리한 것은 둘째고, 디자인이 마음에 들었다. 짙은 회색이라서 모던한 느낌을 주고 멍청하게 크지도 초라하게 작지도 않다. 서리가 생기지 않아서 이제는 망치를 들고 그것을 깨부숴야 하는 일도 없을 것이다. 냉동실이 세 칸이나 되니까, 엄마처럼 마른 멸치나 깐 마늘 같은 것들을 저장할 수도 있다.

이렇게 큰 냉장고를 어떻게 채워야 하나 고민했는데 모두 쓸데없는 걱정이었다. 금세 가득 찼다. 물건이 쌓이고 있다. 구입한 후 한 번밖에 사용하지 않았던 소스와 할인가로 10개 묶음으로 산 요거트, 야채, 어제 먹고 남은 음식, 결국에는 버리게 될 식재료들, 언제부턴가 소비 습관이 바뀐 것이 분명하다.

10년 동안 냉장고가 세 번이나 바뀐 것은 어쩌면 우리의 무책임한 생활 태도나 게으름 때문인지도 모르겠다. 아껴 사용했다면 오래 쓸 수도 있지 않았을까.

냉장고 말고 또 우리가 버린 것들을 생각해 본다. 많은 것들이 있다가 사라졌고, 많은 사람들이 왔다가 떠나갔다. 그 모든 게 뭘 잘 몰랐던 우리의 탓인 것만 같아 때때로 마음이 무겁다.

지나고 나면 그렇다. 모든 게 내 탓인 것만 같다.

대낮에 냉장고 한 대를 버리고 쓸데없는 생각만 남았
다. 새 냉장고는 오래 아껴 쓸 것이다. 그렇게 또 뻔한 다짐
을 한다.

L'affaire du lézard assassiné

오히려 인생이 한쪽 방향으로만 흘러간다는 것에 감사한다.

다시 돌아가라니, 생각만 해도 어깨와 다리가 무겁다.

이미 쓸데없는 많은 것들을 하지 않았는가.

돌아간다고 해도 또다시 쓸데없는 것들을 하고 있을 것이다.

그러니 그것은 가지고자 하는 욕망 없는 그리움이다.

불가능에 대한 안타까움일 뿐이다.

도마뱀 살해 사건

 유년기의 봄을 떠올렸다. 책상 서랍에서 발견한 반쯤 녹은 초콜릿과 부서진 마가레트 쿠키, 할머니 방의 나프탈렌 냄새가 밴 박하사탕을 한 줌 움켜쥐고 마당에 혼자 앉아 햇살을 받던 오후를 기억한다. 지나치게 달달한 것들을 계속해서 먹으며 꽃잎들을 보고 있노라면 속이 울렁거리고 현기증이 났는데, 나는 그것을 으레 봄에 앓고 지나가야 하는 병처럼 여겼다.

 우리 집은 할아버지, 할머니, 부모님에 삼촌까지 사는 대가족이었으나 각자만의 사연과 상처에 철옹성 같은 벽을 짓고 사는, 입을 다문 사람들의 집합이었다. 그런 환경 때문이었을까? 나 역시 연약한 나의 세계에 들어가 존재를 숨기는 것이 일상이었다. 거창할 것은 없었다. 그저 서랍에 숨겨 놓은 과자와 베게 밑에 넣어 둔, 내가 가장 아끼던 '오렌지 향기는 바람에 휘날리고'라는 하이틴 로맨스 소설 그리고 봄날에 이어지는 개미 떼들의 행렬이나 벌레들을 관찰하는 것이 전부였다. 그 은밀한 내 것들은 달콤했고, 코끝이 간지러운 오렌지 향이 났으며, 벌레들의 긴 행렬처럼 지리멸렬했다. 개미 떼를 관찰하는 것만큼이나 재미있었던 것이 또 있었다. 비가 온 다음 날에 시멘트 바닥에서 말라비틀어졌던 지렁이를 괴롭히거나 따뜻한 날씨에 방심하고 널브러진 벌레들을 처형하는 것, 그것이야말로 손바닥만 한 마당이 원더랜드가 되는 즐거움이었다. 그것은 나 자신이 벌레만큼 작아져서 마당 곳곳에 숨겨진 놀이들을 사냥하러 다니는 모험이기도 했는데, 단순한 관찰만으로 놀이가 완성되는 것은 아니었다. 그러니까 스토리가 필요하다. 나는 벌레가 되어 우리 집 마당에 놓인 각종 장애물을 극복해 나가는 모험기를 완성하고자 했던 것이다.

주인공에 따라서 이야기는 달라졌다. 무당벌레로 예를 들자면, 그것이 손가락 끝까지 기어 올라가 날개를 펴고 나는 순간이 엔딩이 되는 것이다. 물론 날개를 펴는 순간까지 만나게 되는 각종 시련, 즉 지렁이랄지 딱정벌레 같은 악역도 잊지 않아야 한다.

악역을 처단하는 것은 이 이야기의 커다란 재미였다. 주로 겉모습이 징그러우나 다소 느리고 둔한 동물들이 희생되었는데, 그중 가장 많이 악역을 소화한 것은 지렁이였다. 지렁이는 몸이 삼등분으로 잘리는 최후를 맞이하였고 (지금 생각하면 그런 끔찍한 짓을 왜 했는지 모르겠지만), 그것은 반드시 태양을 등지고 마당 포석 위에 쪼그리고 앉아 비밀스럽게 이뤄져야 하는 처형이었다. 무엇보다 이 이야기에 판타지를 더해 주는 것은 돋보기였다. 돋보기를 들고 햇빛을 모아서 딱정벌레를 태워 죽이는 순간, 그것은 일종의 마법이었다. 빛을 모으면 어느 순간 쉭 하는 연기와 함께 불이 붙는다. 마법사의 등장인 것이다. 불을 다루는 무서운 마법사의 주술과 함께, 등껍질이 딱딱했던 혹은 물컹했던 그 불쌍한 생명들은 사망했다. 오후 두 시쯤, 지루함이 절정에 이르는 시간이었다. 그렇게 죽은 녀석들의 시체는 마당 한가운데에 나란히 놓였다가, 다섯 시쯤 할아버지의 빗자루에 쓸려 나갔다. 상한 냉잇국과 돼지비계들 그리고 할머니가 몸을 구부리고 줍고 다녔던 한 줌의 머리카락들과 함께 버려졌을 것이다.

일이 바쁘다는 이유로 늘 부재중이었던 아빠와 최루탄을 맞으러 다녔던 삼촌을 제외하고, 모두 마당에 찾아온 봄을 각자의 방식대로 즐겼다. 할머니는 마룻바닥에 앉아 흐드러지게 피는 자색 목련을 보며 이유 모를 눈물을 흘렸고, 할아버지는 메리야스 차림으로 방에 누워 봄기운에 몸을 말렸으며, 엄마는 마당이 보이는 어딘가에 자리를 잡고 믹스커피를 마시며 진미령의 〈하얀 민들레〉나 양희경의 〈아름다운 것들〉 같은 노래를 들었다. 아마도 그곳에 없는 다른 봄을 꿈꾸던 것이었으리라.

모두에게 공평한 봄이었다. 대지도 인간도 온기를 골고루 나누어 가졌다. 각자가 가진 설움은 달랐을 테지만. 그러고 보면 나 역시 괜한 서글픔을 느꼈던 것 같은데 이제와 생각해 보면 그저 어른들을 흉내 낸 것인지, 나름대로 사연이 있었던 것인지 기억이 나질 않는다. 다만 봄은 늘 어지러웠다. 회상이나 향수를 모르는 어린 시절에는 속을 울렁거리게 하는 그 이상한 감정들에게 이름을 붙여 줄 수 없어서 난감했다.

과거와 현재와 미래의 경계를 구분하지 못하는 나이에도 무언가 안타깝게 흘러가는 것을 감지할 수 있다. 문밖에는 분명 어떤 세계가 존재하고 있으며 그곳을 향해 발을 떼는 순간, 여기 당연하게 존재하는 어머니의 노래나 할머니의 목련꽃, 할아버지의 메리야스 같은 것이 순식간에 사라질 것을 예감했다. 하필이면 그런 서글픈 감정들이 봄에 찾아왔다니, 이해할 수 없다. 생명이 시작되는 계절에, 그러고 보면 나는 참 이르게도 끝을 걱정했던 것이 아닐까. 겨울은 이미 늦다. 모두 가 버린 후에는 슬픔도 일상이 되어 버린다. 이제 막 따뜻해지기 시작한 바람이나 부드러운 태양, 그렇게나 다정한 계절은 내게 언젠가 다가올 이별을 상기시켜 주며 불안감을 안겨 준다. 짧고 찬란한 시간들을 담아 둘 곳이 없다는 게 안타까웠다.

그러나 모두가 없어지고 나조차도 사라지게 된다 할지라도 실종을, 죽음을 생각하며 살아갈 수는 없다. 변한 것을, 사라진 것을, 죽은 것을 향해 왜냐고 물을 수 없을 것이다. 그 많은 것들이 어디로 떠나는 것인지, 그렇게 많은 시간을 가졌음에도 불구하고 그 끝은 왜 허무여야 하는지, 아니 우리에게 늘 충분한 시간이 주어졌던 것이기는 한지, 헤어진 모든 것들과 무엇도 제대로 나누지 못한 것 같은데 어느 순간 시간이 다했다고 말하는 이별은 도대체 누가 정하는 것인지, 나는 그런 것을 물어볼 대상을 알지 못한다.

그래서일까? 내게 삶은 언제나 안타까움으로 요약되었다. 나의 삶뿐만이 아니라, 모든 이의 삶에서 나름의 안타까움을 읽는다. 매일 잃어야 하는 것이 인간의 숙명인 것만 같다. 그리고 잃어버린 모든 것들의 본질은 잊히고 과장되어 기억된다.

오늘 내가 어느 봄날의 유년기를 생각하는 것처럼 말이다. 할아버지는 돌아가셨고 목련나무는 베어 버렸으며 진미령과 양희경의 사진이 앨범 재킷이었던 CD는 행방을 알수 없는 지금, 나는 그 시절을 떠올리며 오늘의 봄날을 맞이하고 있다.

그러나 나의 회상에는 정확한 감정의 매듭이 없다. 좋거나 싫거나가 아니며, 결코 그때로 돌아가고 싶다는 뜻은 더욱 아니다. 오히려 인생이 한쪽 방향으로만 흘러간다는 것에 감사한다. 다시 돌아가라니, 생각만 해도 어깨와 다리가 무겁다. 이미 쓸데없는 많은 것들을 하지 않았는가. 돌아간다고 해도 또다시 쓸데없는 것들을 하고 있을 것이다. 그러니 그것은 가지고자 하는 욕망 없는 그리움이다. 불가능에 대한 안타까움일 뿐이다.

처음부터 돌아오지 않는 어린 시절에 대한 추억담을 위해 이 글을 쓸 작정은 아니었다. 나른한 봄날 탓이다. 정신줄을 놓고 흐느적거리는 나비처럼 목적 없는 글을 쓰게 되었다. 정작 하고 싶은 이야기는 봄기운에 취해 걷던, 어느 오후에 만난 도마뱀의 사체에 관한 것이었는데 예정에도 없던 회상에 빠져 버렸다.

핑계를 대자면 한낮에 널브러진 시체, 등이 따뜻한 햇살 그리고 잠시 한가로운 나를 용서해 줄 것만 같은 기온과 코 간지러운 바람 때문이었다. 그 변함없는 달콤함은 내가 어릴 적 수없이 가담했던 곤충 살인의 추억을 떠올리기에 충분했다. 다만 등껍질과 꼬리가 퍼석하게 말라서 마치 박제가 된 듯한, 내장의 노출이나 혈흔이 없는 말끔한 죽음을 보고도 나의 이야기에 판타지가 없다는 것이 애석하게 느껴진다. 결국 넋두리 같은 회고록을 쓴다. 마법사나 악인, 날갯짓이 등장하지 않는 지루한 이야기라니.

나는 한가롭고 조용한 거리, 지나가는 차도 드문드문한 오후에 발견된 도마뱀의 죽음을 평온하게 바라보며 오래전에 문이 닫힌 나의 원더랜드를 그리워했다. 시련을 극복한 성공이 있었고, 미지의 힘을 탐험하는 모험가의 정신이 있었던 그 세계를 말이다.

그러니 지금 눈앞에 놓인 도마뱀 사체는 누군가의 판타지가 담긴, 얼마 만에 맞이하는 반가운 살인인가. 나는 사체가 놓인 옆자리, 어제의 비가 남긴 살인범의 흔적을 주의 깊게 살핀다. 질척한 흙에 선명하게 찍힌 발자국, 작고 앙증맞은 그것은 한 번도 상처받지 않은 선량한 얼굴을 하고 나타나 도마뱀을 홀린 후 단숨에 해치웠을 것이다. 그리고 범인은 현장에 반드시 다시 나타나는 법, 저기 열 걸음 떨어진 곳에서 해맑은 미소를 짓고 있는 꼬마 숙녀를 발견했다. 아이는 물웅덩이에 분홍신을 담그고 살해 도구의 흔적을 씻어 내는 중이다. 무릎부터 발목까지 경계가 없는 통통한 두 다리는 흙탕물을 튀기며 물장구를 치기에 안성맞춤이었다. 빨간색 원피스는 봄을 먹고 더욱 가벼워져 팔락였고 높이 묶은 머리카락은 점점 흘러내렸다.

볼이 통통한 여자아이는 사탕을 깨물어 먹듯 5월의 빛을 찬란한 조각으로 부서뜨린다. 아이의 분홍신이 새까맣게 더러워지는 것을 보며 깨끗한 나의 신발이 부끄러웠다. 나는 도대체 어느 땅을 밟고 다니는 것인가.

나는 분홍신을 신은 아가씨의 이야기를 탐한다. 다리가 짧고 꼬리가 길고 얼굴이 뾰족한 도마뱀은 그녀의 세계에서 악역을 맡았을까? 따지고 보면 이 동네에서 도마뱀만큼 그런 역할을 맡기에 적당한 대상이 없다. 녀석은 도시의 쥐만큼 골치 아픈 존재로, 활짝 열어 놓은 창문을 타고 들어와 집안 곳곳에서 숨바꼭질을 한다. 어쩌면 우리의 귀여운 살인자가 죽인 저 도마뱀은 얼마 전에 옆집 여자를 기겁하게 만든 그놈일지도 모르겠다. 한밤중에 눈을 떴는데 천장에 매달려 있는 도마뱀과 눈이 마주친다고 상상해 보라. 부엌 싱크대 밑에서 튀어나오는 쥐만큼 징그럽지 않은가.

바람이 산들산들 불자 여자아이는 내게 손을 흔든다. 마치 '내가 도마뱀을 죽인 범인이에요'라고 산뜻한 고백이라도 하는 듯, 그녀는 세상에서 가장 유쾌한 살인자가 되어 춤을 췄다. 분홍신과 빨간 원피스가 흙탕물에 얼룩진다. 저것이야말로 진짜 봄이 아닌가, 나는 몇 번이고 검게 뒤집어 쓴 아이의 청량함에 마른 침을 삼켰다.

내가 잃어버린 것은 어땠을까. 나의 원더랜드도, 나의 살인도 저리 유쾌했을까. 그렇다고 믿고 싶다. 지나 버린 봄의 진실을 누가 알겠는가. 스스로를 속이는 것만큼 쉬운 거짓말은 없다. 나 역시 한때 유쾌한, 귀여운 살인범이었다고 기억을 왜곡해 보자.

봄의, 살인의 현장에서 아이는 대범하게 움직였다. 그녀의 분홍신은 이제 새까맣게 변해 버렸다. 어디서 나타났을까, 머리에 히잡을 쓴 여자가 다가와 아이의 손목을 낚아챘다. 골반이 크고 살집이 제법 있는 그 여자는 힘 있게 아이를 끌어 올렸고, 버티려던 아이는 흙탕물 속에 눕기 위해 발버둥을 쳤다. 여자는 아이를 번쩍 안아 올려 엉덩이를 몇 대 때려 주었다. 아이는 순식간에 기가 꺾이고 잠잠해졌다. 언제까지 투정을 부려도 되는지를 정확하게 아는 녀석이다. 한풀 꺾인 아이는 얌전하게 여자의 등에 올라탄다. 나는 아이와 여자가 사라지는 아몬드나무 거리를 지켜보았다. 분홍 꽃잎이 날리는 그 길에 봄을 닮은 여자들이 멀어져 간다. 아이가 버둥거릴 때 흙탕물에 떨어졌던 분홍신의 존재는 까맣게 잊고 봄이 번지는 길에서 서서히 희미해진다.

그리고 나는 사건 현장에 혼자 남아, 길에 버려진 도마뱀 사체를 바라보며 난감해 했다. 내가 여섯 살이었다면 장례를 치러 줬을 것이다. 장례식의 손님으로 초대된 수많은 사람들을 상상하며 낮을 보냈겠지. 그들의 검은 베일이나 검은 모자, 검은 장갑들은 어느 만화 영화에서 보았던 장면을 그대로 베껴서 묘사했을 것이다. 그러나 이제 나는 죽은 도마뱀을 비껴가기로 한다. 내일 아침이면 수압이 높은 물청소차가 지나갈 것이고, 도마뱀의 사체는 잡초더미로 날아가 미물들의 먹이가 될 것이다.

한가로운 봄날이다. 만물은 오래전 그때처럼 소생하였으나 나는 이야깃거리를 쉬이 찾지 못하고 떠돌았다. 사실 부끄러운 일이다. 어디에도 쓸모없는 그것을 찾아서 이렇게 시간 낭비를 하다니. 효용성에 있어서 실패한 삶이 아닐는지. 죽은 도마뱀이나 봄날 같은 타령을 하고 지내는 나의 한가함에 죄책감을 느껴 발걸음을 재촉했다.

시작도 하지 않은 나의 이야기는 무용지물이라는 딱지를 붙이고 한없이 추락한다. 봄날의 꽃잎이 낙화하듯 무게도 없고 쓸모도 없이, 괜스레 마음만 아린 일이다.

Thomas, Concierge

'문지기, 토마'. 사람들은 그를 그렇게 불렀다.
건물을 청소하고 우편물을 관리하고
건물에 낯선 사람들의 출입을 감시하며
문제를 일으키는 거주자들에게 주의를 주는 일이
그의 몫이었는데,
그는 '문지기'라는 직함에 꽤 만족하는 것처럼 보였다.
그러고 보니 아무도 그의 성을 몰랐다.
성은 '문지기' 이름은 '토마',
모두가 그렇게 그를 기억하고 있을 것이다.

문지기, 토마

토마에 관한 이야기다. 여름의 자리가 아직 남아 있는 9월의 아침, 검은 가죽점퍼를 입은 한 남자를 도서관 앞에서 보았다. 볕이 여전히 뜨겁다. 가죽점퍼 속에 감춘 그의 창백한 피부가 숨을 쉬지 못하고 새하얗게 질렸을 것이다. 금발의 머리카락, 가죽점퍼, 얇은 입술, 문득 토마를 생각했다.

토마는 사계절 내내 검은 가죽점퍼를 입었다. 안감이 뜯어진 옷이었다. 너덜너덜한 그의 속주머니에는 중국산, 혹은 스페인산 담배가 들어 있었다.

오전 9시 반, 시립 도서관 앞, 문이 열리기를 기다리는 사람은 가죽점퍼를 입은 남자와 나, 두 사람뿐이다. 목요일은 삼십 분 늦게, 10시가 되어서야 문을 연다는 사실을 잊고 있었다. 삼십 분, 카페에 들어가서 차 한 잔을 마시기에는 애매한 시간이다. 기다리기로 하자. 그에게도 삼십 분은 돈을 쓰기에 아까운 시간이었을 것이다. 전화기가 울렸다. 남자는 점퍼 안주머니에서 구식 노키아 핸드폰을 꺼낸다. 낡은 휴대폰의 벨소리는 유독 시끄러웠다. 남자는 서툰 불어로 전화를 받는다. 그는 동유럽 악센트가 진한 불어로 일자리를 찾고 있다고 말했다.

동유럽 악센트라면 잘 알고 있다. 삼십 년 넘게 동유럽식 악센트를 버리지 못했던 토마 덕분이다.

'너 역시 그럴 것이다'라고 언젠가 토마가 말했다. 그는 내게 삼십 년이 지나도 한국인의 억양을 버리지 못할 것이라고 했다.

가죽점퍼를 입은 남자는 공손하게 전화를 쥐고 차분하게 말한다.

'할 줄 아는 일이 많지는 않지만, 배울 수 있다. 어떤 일이든 할 수 있다.'

의욕은 넘치나 지나치게 솔직한 말이다. 어휘력이 짧은 가난한 불어 탓이다. 외국인에게 전화는 유리한 소통의 수단이 아니다. 기본적인 단어 몇 개만으로 설명을 하려다 보면 절망은 지나친 절망이, 기쁨은 아이 수준의 유치한 감정 표현이 된다. 남자는 '체류증이 아직 없다, 주거지가 불분명하다' 등의 도움이 되지 않는 말을 계속해서 늘어놓았다. 그는 불안정한 외국인을 원하는 곳은 아무 데도 없다는 사실을 아직 모르는 듯했다. 우리 같은 외국인들에게는 신분

을 보장해 주는 최소한의 서류, 직함이 필요하다. 내 말이
아니다. 토마의 말이다.

파리 19구, 장조레스가 169번지, 토마는 그곳에서 25년
동안 살았다. 1층 엘리베이터 옆, 창이 없는 컴컴한 방이 토
마의 집이었다. 그리고 같은 건물의 5층, 나 역시 그곳에서
3년을 살았다.

불이 켜지지 않는 홀에 들어오면 귀퉁이에서 검은 가죽
점퍼를 입은 사내가 슬그머니 나타났다. 의심과 불안을 담
은 회색 눈과 백발에 가까운 금발, 커다란 덩치와 어울리
지 않게 꾹 다문 얇은 입술, 터진 슬리퍼 사이를 뚫고 나온
두꺼운 발가락, 나는 토마의 모습을 그렇게 기억한다. 그는
경계심이 강한 짐승처럼 다가와, 경쾌한 인사를 받고 불쾌
한 고갯짓으로 대답했다. 유독 창백한 피부는 빛이 들어오
지 않는 방에서 살았기 때문인지, 그의 타고난 피부색인지
알 수 없다. 세르비아인, 혹은 체코인일 것이라고 생각하여
국적을 물었을 때, 토마는 그저 동유럽이라고 대답했다. 동
유럽, 그의 짧은 대답은 대화를 단절시키기에 충분한 음계
였다.

토마의 문장은 위협적이었다. '늦은 시간에 구두 굽 소
리가 시끄럽다, 소란스럽게 한다'는 그의 지적에는 사람을
기분 나쁘게 하는 무언가가 있었다. 어쩌면 그것이 동유럽
식 딱딱한 말투와 자신감 없는 불어 탓인지도 모르겠으나,

분명한 건 토마가 유쾌하지 않은 방식으로 사람들을 경계하는 것을 자신의 일이라고 여겼다는 것이다.

'문지기, 토마', 사람들은 그를 그렇게 불렀다. 건물을 청소하고 우편물을 관리하고 건물에 낯선 사람들의 출입을 감시하며 문제를 일으키는 거주자들에게 주의를 주는 일이 그의 몫이었는데, 그는 '문지기'라는 직함에 꽤 만족하는 것처럼 보였다. 그러고 보니 아무도 그의 성을 몰랐다. 성은 '문지기' 이름은 '토마', 모두가 그렇게 그를 기억하고 있을 것이다.

토마는 몇 번이고 내게 '우리 같은 외국인들'에게 자신의 쓸모를 나타내는 직함이 얼마나 중요한지를 얘기했다. 그때마다 내가 그의 충고를 썩 달갑게 받아들이지 않았던 것은 그가 자신과 나를 하나로 묶어서 '우리 같은 외국인들'이라고 하는 것에 묘한 기분을 느꼈기 때문이다. 솔직히 말하자면 그와 내가 같은 입장이라고 생각해 본 적이 없었다. 그것이 그의 억센 동유럽 억양 탓인지, 사계절을 입었던 찢어진 가죽점퍼 탓인지, 빛이 들어오지 않는 쪽방 탓인지 모르겠으나 그가 자신과 나를 '같은 외국인'이라고 묶는 것이 싫었다. 그와 내가 같은 부류인 것이 견딜 수가 없었던 것이다. 이유 없는 오만이라고 손가락질당할 일이란 것을 알면서 이제 와 고백하는 것은, 그에게 보냈던 비인간적인 감정이 얼마나 나 자신을 혐오하게 만들었는지 말하고 싶어서다. 나는 토마가 싫었고, 이유 없이 그를 싫어하는 나 자신이 더 싫었다.

언젠가 토마는 내게 중국산 담배를 사다 줄 수 있느냐고 물었다. 값이 싸고 독할수록 좋다고 했다. 그에게 몇 번이고 내가 중국인이 아님을 설명했으나 소용없었다. 그에게 아시아인은 모두 중국인이었다. 그는 중국 담배를 많이 구할 수 있다면 심부름 값을 주겠다고 했다. '아르바이트를 하는 게 어때?'라고 토마는 물었다. '친구들 중에 중국 담배를 찾는 사람이 꽤 있으니까'라던 토마의 말은 모두 거짓이었다. 아는 사람이라고는 장조레스가 169번지 거주자들이 전부인 그에게 친구가 있을 리 없다. 그는 꽤 오래전에 혼자가 되었다. 한때 체코인 애인이 있었다는 이야기를 듣긴 했지만, 잘 되지 않았던 것 같다. 그 여자와 결혼하면 이 건물을 떠나겠다고 큰소리를 치고 다녔다던데, 어느 날 여자는 떠났고 토마는 혼자 남겨졌다. 진부한 이야기다. 그 여자가 떠난 이후, 토마의 주위에는 아무도 남지 않았다. 토마가 장조레스가 169번지 밖으로 나가는 일도, 누군가 그를 찾아오는 일도 없었다. 그러니 친구라니, 거짓말이다. 그는 거짓말을 잘한다. 내 말이 아니다. 6층에 사는, 대형마트에서 캐셔로 일하는 프랑스 여자의 말이다.

토마는 꽤 거짓말을 잘하고.

토마는 밤마다 혼자서 술을 마시고.

토마는 혼자이고 술을 마시고 그래서 자꾸만 거짓말을

한다고, 그녀가 말했다.

혼자이고 술을 마시면, 거짓말을 하는 걸까?

내가 그랬을지도 모르겠다. 혼자였고 술을 마셨고 거짓말, 거짓말을 했을까?

휴대폰을 붙잡고 있던 남자는 목소리를 높인다.

"그러니까 일을 해야 집을 구할 수 있습니다. 집세를 낼 돈이 있으면 이렇게 급하게 일자리를 구하겠습니까?" 그의 불어는 정확했다. 앞뒤가 맞지 않는 이야기를 하는 것은 상대방 쪽인 듯했다.

그에게 실수가 있다면 거짓말을 하지 않은 것이다. 거짓말을 했어야 했다. 친구나 지인의 집을 주거지로 속이고 적당히 둘러댔어야 했다. 토마의 말이 맞다. 명확한 주소지, 신분을 보장할 만한 서류들, 그런 것들은 우리 같은 외국인들에게는 중요하다. 그런데 장조레스가 169구 번지, 그것이 정말 토마의 신분을 보장해 줬을까? 토마의 체코 애인은 그의 불안정한 상황과 신분이 싫어서 떠났다던데. 이것도 6층 여자가 말해 준 것이다. 토마의 전 애인과 6층 여자는 같은 마트에서 일을 했다. 체코 애인의 말에 의하면 토마는 알코올 중독자이고, 오래전 체류증이 만기가 되어서 사실은 불법 체류자이며, 무엇보다 그는 장조레스가 169번지를 떠날 마음이 전혀 없다고 했다. 그는 문밖에 나가는 것조차 두려워했다고 한다. 뭐가 두려웠을까?

토마의 유일한 외출은 길 건너편 중국 여자가 운영하는 카페에 가는 것이 전부였다. 고소함이 없고 쓴맛만 나는 오래 묵은 커피, 담배, 로또, 장외마권을 파는 카페였는데 토마는 아침마다 길에서 배포하는 무료 신문을 들고 그곳에 갔다. 중국 여자의 기름진 머리카락을 보면 커피를 마시기가 어쩐지 꺼림칙했지만, 오랫동안 여러 사람의 손을 탄 누런 커피 잔에 담긴 까만 커피는 말이 없었다.

언젠가 커피를 마시러 갔다가 중국 여자 앞에서 신문을 읽는 토마를 발견했다. 신문이라니, 우스웠다. 그가 글자를 읽지 못해서 우편물을 제대로 전달하지 못한다는 것은 장 조레스가 169번지 거주자들은 모두가 아는 사실이었다. 중국 여자는 토마에게 신문의 내용을 물었다. 그 여자의 야릇한 눈웃음은 눈가의 주름을 더 돋보이게 했는데, 환기가 잘되지 않은 카페의 공기 탓이었을 것이다. 카페 안은 늘 건조했다. 토마는 여자의 물음에 답을 하는 대신에 언젠가 19구를 떠나 8구에 정착할 것이라고 말했다. 8구, 부자 동네에서 문지기로 일하게 될지도 모르며, 그 동네는 집들이 워낙 좋아서 문지기가 쓰는 방도 깨끗하고 빛이 잘 들어온다고 했다. 중국 여자는 토마에게 새로운 주소지는 새로운 삶을 가져다줄 것이라고 말하며 웃었다. 모옌의 소설 속에 등장하는 여자들처럼 차이나카라를 목 끝까지 채운, 공산주의와 자본주의를 넘나드는, 규율과 본능의 경계에서 널뛰기를 하는 웃음이었다. 토마는 목소리를 낮춰 여자에게 물었다. 중국산 밀수 담배를 구할 수 있겠느냐고.

나는 토마의 말이 모두 거짓이라고 생각했다. 그가 19구를 떠나는 것은 불가능해 보였다. 그의 체코 애인이 떠난날, 그는 19구의 쪽방에서 벗어날 마지막 기회를 놓친 것이다. 그가 밤마다 체코 애인의 살결을 만지는 대신에 보드카를 마시기 시작했을 때, 그의 19구 쪽방은 스스로를 가두기에 가장 이상적인 장소가 되었다. 밖으로 향하는 창이 없고 아무도 문을 두드리지 않으며 엘리베이터가 움직일 때마다 육중한 기계의 소음이 들리는 그곳, 문지기 토마의 방에서는 항상 보드카 냄새가 진동했다.

전화를 끊은 남자의 몸에서 술 냄새가 났다. 아이의 토사물 냄새와 밀크커피 향도 섞여 있는 듯하다. 그는 어젯밤에 술을 마셨을 것이다. 갓난아기는 자주 먹은 것을 토해 냈을 테고, 아내는 아이에게 주고 남은 우유로 밀크커피를 만들어 줬을 것이다. 남자는 가죽점퍼에서 중국산 담배를 꺼냈다. 빨간 무늬와 금테가 둘러진 케이스 안에서 담배 한개를 꺼내 불을 붙인다. 중국산 담배에는 독특한 향이 있다. 그것이 어떤 향인지 설명하기는 어려우나 말하자면 토마의 가죽점퍼에서 나던, 동물의 가죽과 진한 풀 향이 섞인 그런 냄새라고 해야 하나?

남자는 내게 중국인이냐고 물었고, 나는 고개를 저었

다. 나는 그에게 담배가 밀수품인지 물었으나 그는 밀수품이라는 단어 자체를 알아듣지 못한 듯했다. 그는 한참 말이 없다가 느닷없이 자신은 일자리를 찾기 위해서 도서관에 붙은 구인 광고를 보러 왔다고 설명했다. 천천히, 또박또박, 그는 이제 막 배운 불어를 내게 연습하고 있는 듯했다. 두려움과 피로함이 적당히 섞여 있는 그의 눈을 보며 나는 말했다.

"우리 같은 외국인들에게는 쉽지 않지."

그가 고개를 끄덕인다. 그는 우리 같은 사람이 어떤 사람인지 잘 알고 있는 듯하다. 그러고 보니 토마도 중국 여자에게 우리 같은 외국인들에게는 쉽지 않다는 말을 했었다. 토마의 말을 들은 중국 여자의 대답은 '외국인들이나 프랑스인들이나, 돈이 있으면 쉽다'였다. 공산주의자 얼굴을 하고 자본론을 이야기하는 매력적인 여자였다.

가죽점퍼를 입은 남자는 내게 이곳에 온 이유를 묻는다. 책을 빌리러 왔다는 말에, 그는 '아, 책을 보는 곳이지'라며 웃었다. 경직된 웃음이지만, 표정이 한결 나아 보였다. 면접을 본다면 지금의 그 표정을 유지하는 것이 좋을 것이다.

그는 내게 중국 담배를 살 수 있는 곳을 아는지 물었다. 두 개밖에 남지 않은 남자의 담배를 보며 내가 중국인이 아닌 것이 왠지 미안해졌다.

남자는 자신이 세르비아인이라고 했고, 나는 그에게 세르비아인을 한 명 알고 있다고 말해 주었다.

남자의 전화기가 또 한 번 울렸다. 이번에는 불어가 아닌 모국어다. 숨을 크게 쉬지 않아도, 눈을 좌우로 굴리지 않아도 자연스럽게 흘러나온다. 그의 말이 내 귀에는 음이 낮은 노래처럼 들렸다. 도서관 문이 열리려면 아직 십 분이 더 남았는데 남자가 떠난다. 그의 목덜미 뒤로 흘러내린 것은 땀이었을 것이다.

토마를 생각했다. 그의 말이 맞았다. 나는 아직 한국인 억양을 버리지 못했다. 우리 같은 외국인들은 그렇다. 그 모든 게 힘들다. 버리는 것도 얻는 것도, 쉬운 일은 없다.

파리 19구, 장조레스가 169번지, 그곳에 더 이상 토마는 없다. 어느 날 떠났고, 그가 어디로 갔는지 아는 사람은 아무도 없다고 했다. 아무도 알려고 하지 않았다는 게 더 정확한 표현일 것이다. 얼마 전 파리에 갔다가 중국 여자에게 들은 이야기다. 그 여자는 여전히 커피와 로또, 마권을 팔고 흰 머리가 제법 많이 났으며 기름기는 여전했다. 커피 맛도 그대로다. 토마는 어디로 갔을까, 라고 묻자 중국 여자는 어깨를 들썩였다.

"우리 같은 사람들은 참……"

나는 그때의 토마처럼 말했고, 여자는 끝나지도 않은 문장에 고개를 끄덕였다.

가죽점퍼를 입은 남자가 길모퉁이를 돌아 사라질 때, 토마와 중국 여자를 생각했다.

이곳 가을은 어쩐지 건조하다. 곧 눈가에 주름이 생길 것이다. 미처 감지 못한 머리카락에서는 이미 기름기가 흘렀다.

Hotel de Bourgogne

나는 몽마르트 한복판에 서 있을 여자를 상상했다.
사크레쾨르에 놓인 들꽃 한 다발 같지 않을까?
아무도 주워 가는 이 없이 싸늘한 바람에 쓸려
세상 한 바퀴를 돌고 돌아와,
그곳에 내가 갔다 왔었노라고
평생 추억하며 살지도 모르겠다.

부르고뉴 호텔

여자의 머리카락은 오랫동안 빗지 않은 듯 굵은 회색 실타래처럼 엉켜 있었다. 머리카락 사이에서 작은 나비 핀 하나가 흔들릴 때마다 한 움큼 잡아 뜯은 들꽃을 떠오르게 했다.

'부르고뉴의 아침은 이렇다'라고 말할 수 없는 호텔이다. 중심가에서 조금 떨어져 있는 이곳에서는 창밖으로 가을 수확을 마친 포도밭과 황량한 고속도로가 보인다. 여자는 창가에 앉아서 크게 하품을 한다. 밤새, 입안에 쌓인 텁텁한 기운이 순식간에 전해졌다.

우리는 어제 부르고뉴에 도착해서 곧바로 연회장에 갔다. 동성연애자 커플, 기와 조슬랑의 10주년을 기념하는 파티였다. 나란히 탈모가 진행된 반들반들한 민머리와 둥근 안경, 커플룩 셔츠를 입은 두 사람은 연인보다는 사이좋은 형제처럼 닮아 있었다. 기의 호들갑과 조슬랑의 진중함을 반씩 섞어 놓은 사람들이 모였다. 그들 중에는 조슬랑의 전 부인도 있었는데, 매우 조용하고 어디에서도 눈에 띄지 않을 것 같은 중년의 여성이었다. 씁쓸한 무언가를 입안에 머금은 것 같던 그녀의 표정은 기의 천진함이나 조슬랑의 안정감과 대조되어 보였다.

'남의 사생활'이라고 딱 잘라 말하는 M의 반응에 그녀에 대해 자세히 물어보진 못했지만, 소설 같은 인생이지 않았을까 짐작해 본다. 체념과 편안함이 공존하는 부인의 눈동자에서 천 페이지 넘는 소설의 서사를 읽었다. 나는 그들의 이야기에 호기심을 느끼고, 또 그 얄팍한 감정에 죄책감을 느낀다. 그러나 타인의 삶과 그들의 사연들이 궁금한 건 어쩔 수 없다. 언제나 가늠할 수 없는 방향으로 튀어 나가는 삶과 그것을 다시 일상으로 안고 살아가는 인간들의 이야기는 너무 매력적이지 않은가.

생각해 보면 개개인의 성격과는 상관없이 삶이란 자체가 꽤나 역동적인 성질을 갖고 있는 것이 아닐까 싶다. 고지식할 정도로 정숙한 여자에게 성의 정체성을 깨닫고 동성애자가 된 남편이라니, 문학으로 치면 소설에 가까운 장르다. 아름다운 시나 편안한 에세이 같은 것이 되기에 삶은 너무 날 것이다. 성찰을 거듭한 노작가의 작품보다도 운명이나 우연에 사로잡힌 젊은 작가의 글에 가까울 것이다. 나는 그들이 몸으로 써낸 소설을 위해 몇 번이고 건배했다.

늦게까지 파티를 즐기고 연회장에서 가까운 호텔로 이동했다. 며칠 부르고뉴에 머물 계획으로 예약한 호텔이다. 특징이 없고 이름도 단순한 '부르고뉴 호텔'을 고른 것은 저렴한 가격 때문이었다. 삶이 소설과 닮았으나 다른 이유, 삶이 소설의 날개를 달기 전에 현실로 잡아끄는 훼방꾼이 하나 있다면 그것은 바로 돈일 것이다.

로비 옆, 조식을 먹는 식당에서 화장기 없는 여자 직원이 한가하게 손님들을 맞이한다. 계절 탓인지, 위치 탓인지, 투숙객이 많지 않은 듯했다. 어쨌든 조식을 먹으러 내려온 사람들은 여자와 나, M 그리고 50대 부부가 전부였다. 하얀 벽, 베이지색 테이블, 회색 타일, 깨끗하지만 밋밋한 아침 식사 풍경은 호텔보다는 차라리 병원을 연상시켰다. 긴 뷔페 식탁 위에 막 구운 빵과 버터, 음료 그리고 부르고뉴를 상징하는 몇 덩어리의 탐스러운 포도가 놓였다. 포도는 알이 지나치게 굵고 윤기가 흘러서 장식용 소품처럼 보였는데, 여자는 자리에서 일어나 그것을 접시에 담지도 않고 선 채로 훑어 먹었다. 아마도 오랜 습관이었을 것이다. 그렇게 음식을 먹는 사람들을 알고 있다. 자신에게 식탁과 의자, 음식을 음미하는 시간을 허락하지 않는 사람들이 있다. 나는 여자의 인색함을 보며 싱크대 앞에 서서 찬밥을 먹던 엄마를 떠올렸다.

가을이라지만 지나치게 두꺼운 옷차림이다. 몇 겹을 껴입은 스웨터와 커다란 숄은 보풀이 잔뜩 일어났고 묵은쌀에서 나는 군내가 났다. 더럽다고 할 수는 없지만, 정돈이되지 않은 것은 사실이다. 여자의 머리처럼 옷도, 구겨 신은 신발도, 치마 밑으로 보이는 허옇게 튼 다리도 지나치게 말끔한 이 공간과 어울리지 않는다. 여기로 말하자면, 아침에 뿌린 방향제와 바닥을 닦은 락스 냄새가 묘하게 섞인 곳이다. 분재와 조화 몇 개로 자연을 모방해 보려고 애를 쓴이곳에서, 여자의 존재는 한 무더기의 가시덤불 같았다.

M과 나는 큰 컵에 커피를 붓고 부서지기 쉬운 빵을 조심스럽게 접시에 담는다. 버터와 포도잼, 자두잼을 골랐다. 호텔에서 조식을 먹을 때면 M은 익숙한 것을 찾고 나는 낯선 것, 한 번도 맛보지 않은 것을 고르는 편이다. 그것이 나만의 작은 모험이자 여행의 묘미인데, 사실 실패하는 확률이 더 높다. 그렇지만 일상을 벗어나는 일은 내게 절실하다. 아무것도 아닌 과일잼 하나에서 여행의 풍미를 찾는 것은, 선택할 수 있는 것이 많지 않은 사람의 알뜰한 습관이다. 결국, 작은 것에 의미를 부여할 수밖에 없으니까.

테이블에 앉아서 빵에 포도잼을 바르며 여자를 관찰한다. 포도잼은 늘 먹던 블루베리잼이나 딸기잼에 비해 더 맛있진 않았다. 갑자기 찾아오는 신맛과 지나친 단맛이 영 조화를 이루지 못한다. 괜한 도전이 어쩐지 억울하다. 내가 빵 하나를 꾸역꾸역 먹는 동안, 여자는 포도 한 송이를 해치우고 본격적으로 접시에 음식을 가득 담기 시작했다. 구운 빵과 한 스푼 듬뿍 담은 꿀은 뷔페 테이블 위로 줄줄 흘러내렸고 여자의 거친 움직임에 사람들의 시선이 쏠렸다. 로비 데스크로 자리를 옮긴 직원이 여자가 있는 쪽을 힐끗볼 때마다 내 마음이 불안해지는 것은 왜일까?

"뭘 그렇게 봐?"

M이 물었고, 나는 조용히 여자 쪽을 가리켰다.

"저 여자도 전날에 술을 많이 마신 모양이군."

M이 말했다. 그러고 보니 여자의 입 주변은 아직 덜 닦아 낸 보라색 포도주 얼룩이 그대로 남아 있었다. 여기는 부르고뉴이니까, 와인의 고장, 게다가 마콩이 아닌가! 마콩의 와인은 마지막 혀끝에 남는 특유의 기름진 부드러움이 있다. 나는 마콩 화이트 와인을 쌀쌀한 바람이 불 때 즈음 카페의 테라스에 앉아 마시는 것을 좋아한다. 와인 특유의 맛을 방해하지 않을 정도의 담백한 음식을 곁들이면 더 좋다. 고소한 빵과 고기를 결대로 잘게 찢어 만든 리예트 혹은 너무 짜지 않은 견성 치즈면 좋겠다. 몇 년 전까지만 해도 찬바람이 불면 꽃게탕을 떠올렸었는데 이제 그 맛은 잊은 것일까? 식습관이 달라졌다. 재수 없게 칼질을 하려고 든다. 그것이 결코 작은 변화는 아닐 것이다. 먹는 음식과 먹는 태도, 먹는 방식은 한 사람의 커다란 부분을 형성하기 때문이다. 꽃게탕 앞에서 머리를 맞대고 서로 살을 발라 먹

여 주던 그때를 그리워하다가도, 침이 묻은 숟가락을 냄비에 넣고 휘젓는 것이 못마땅하다. 넘실넘실 소주잔을 채워 주던 손길에 울컥하다가도, 적당히 마시고 깔끔하게 헤어지는 와인이 편하다. 정이 그리우면서 정이 불편하고, 취중진담은 애잔하면서도 부담이다. 그러니까 나는 꽃게탕과 치즈, 소주와 와인 사이에서 살고 있는 것이다. 정서적 난민이 된 것일까? 내가 떠나온 고향에서 나의 모습은 어땠는지 잘 모르겠다. 잃은 것인지 다듬어진 것인지, 버린 것인지 얻은 것인지, 이제는 헷갈린다. 덧셈과 뺄셈의 계산법으로는 셈이 되지 않는다. 원래의 나는 어디선가 고아가 되었을 테고, 지금의 나는 난민이 된 채 남의 땅을 밟고 섰다. 돌아갈 자리가 없는 미래의 나는 또 어떻게 변해 있을까?

여자의 보라색 입술을 보며 나의 50대를 상상했다. 부르고뉴 호텔과 어울리지 않는 느닷없는 생각이다. 차라리 오늘 마실 와인을 고민하는 편이 낫겠다.

여자는 숄을 벗어 의자에 걸치고 본격적으로 식사를 시작했다. 그녀가 벗어 던진 숄 안쪽에 보푸라기와 함께 엉켜 있는 건초와 정체를 알 수 없는 얼룩은 여자가 거쳐 온 여정을 상상하게 만들었다. 비포장 된 길에서 여자는 몇 번을 눕고 일어나기를 반복했을까?

이제 여자는 버터와 꿀을 듬뿍 바른 빵을 소리 내어 씹으면서 파리 여행 가이드북을 펼친다. 부르고뉴에서 보는 파리 가이드북에는 에펠탑이나 루브르, 샤틀레 그리고 오피에드코숑(Au pied de cochon) 같은, 관광객들이 즐겨 찾는 식당이 소개되어 있다. 마카롱이 유명한 집 그리고 부르고뉴 와인이 유명한 샹젤리제 와인 바에는 별을 두 개나 주었다. 여자는 눈을 반짝이며 그 알찬 정보들을 꼼꼼히 살핀다. 그녀의 눈에는 빨간 물랑루즈가 귀엽고 사랑스러운 풍차처럼 보일 테지. 몽마르트를 소개한 페이지를 한 줄 한 줄 읽어 내려가는 여자의 손가락에서 이질감과 익숙함을 동시에 느꼈다. 누구나 한 번쯤 파리의 판타지를 꿈꾸기 마련이니까. 그러나 나는 한 번도 가이드북을 펼쳐 본 일이 없다. 내게 가이드북의 모든 설명은 지나치게 친절하다. 그것이 간섭이라고 느껴질 만큼. 사실 오피에드코숑의 고기는 입맛에 맞지 않는다. 고기의 잡내도 싫고 유명하다는 족발의 식감은 지나치게 물컹하다. 나는 그렇게 삐딱한 시선으로 여자의 가이드북에 모진 별점을 매겼다. 여자의 눈에 비친 파리는 두 번 다시 내 앞에 나타나지 않을 것이다.

호텔 직원이 식당을 돌며 부족한 것, 혹은 불편한 것이 없는지를 물었다. 50대 부부는 지난밤 방이 따뜻하지 않았다고 말했는데 실제로 방에 들어가면 썰렁한 기운이 느껴지긴 했다. 그러나 그것은 난방의 문제가 아니라 휑한 장식과 얇은 이불 때문이었을 것이다. 직원 역시 애매한 미소로 얼버무리는 것을 보니, 이 호텔에서 따뜻하고 안락한 잠자리를 기대할 수는 없을 것 같았다. 직원은 여자에게도 같은 질문을 던졌고, 한참을 생각하던 그녀는 대답 대신 느닷없는 말로 직원을 당황하게 했다. '파리를 잘 알고 있는지', 여자는 그것을 묻고 있었다. 직원은 '미안하지만, 파리에 오랫동안 가지 않아서 잘 안다고 할 수 없다'고 정중하게 대답했다. 나는 여자의 얼굴에서 실망을 읽었다. 직원이 로비로 돌아가자, 이야기를 듣고 있던 50대 부부가 여자에게 말을 걸었다.

"우리는 30년째 파리에 살아요. 궁금한 게 있으면 물어보세요. 혹시 파리에 가시나요?"

여자가 고개를 끄덕였다. 그리고 입안에 들어 있던 빵을 서둘러 삼킨 후 묻는다.

"저기, 그러니까 내가 이런 모습으로 파리에 가도 괜찮을까요?"

50대 부부는 질문에 적당한 답을 찾지 못하다가 한참 후에 되물었다.

"당신이 어떤 모습인데요?"

"그냥 이런……"

여자는 말을 잇지 못했다.

모두 여자의 '이런 모습'이 어떤 것인지 알고 있었으나, 그것을 입 밖으로 내진 않았다. 어쩔 수 없이 사람들의 시선이 여자에게 쏠린다. 여자는 그 시선을 부담스러워하지 않고 식사를 계속하면서도, 나름대로 입안에 들어간 음식물이 보이지 않도록 조심하는 듯했다.

"파리에는 다양한 사람이 살아요. 아무도 누가 어떤 모습을 하고 있는지 신경 쓰지 않죠."

M이 말했다. 50대 부부는 그의 말에 긍정도 부정도 하지 않고 고개를 돌렸고, 나는 어쩐지 어색해진 분위기를 바꿔 보고자 여자에게 손가락으로 나 자신의 얼굴을 가리키며 '이렇게 생긴 사람도 산다'고 농을 던졌다. 50대 부부는 조심스럽게, 여자는 호탕하게 웃었다.

그 여자가 사는 동네에도 중국 식당이 하나 있었다고 한다. 결국 망해서 문을 닫았지만 10살 아들부터 아버지, 어머니, 온 가족이 식당 하나에 매달려서 일하는 것이 신기했다고 했다. 여자는 아이가 없고, 결혼식을 올리지 않은 동거남과 20년째 함께 살고 있으며, 캉탈에서 치즈를 만든다고 했다. 소젖을 짜서 치즈를 만드는 일이란 1년 365일 농장을 비울 수가 없는 일이기 때문에 얼마 만에 떠나는 여행인지 모르며, 모든 것이 낯설게 느껴진다는 고백 아닌 고백도 들었다.

"그놈의 갱년기 때문에."

여자가 말했다. 그러니까 평생 캉탈을 벗어나 본 적이 없는 여자에게 여행의 자유를 허락한 것은 돈도 사랑도 아닌 갱년기인 셈이다. 50대 부부, 특히 아내가 고개를 끄덕이며 여자를 이해한다고 했다. 그녀도 역시 갱년기 때문에 호르몬약과 우울증약을 동시에 복용 중이라고 말했고, 두 여자는 '갱년기'라는 주제를 놓고 순식간에 단짝 친구를 되찾은 것처럼 눈물을 글썽였다.

"이른 아침부터 와인이라도 따야 하는 건가?"

남편의 우스갯소리에 여자가 큰 소리로 외쳤다.

"여기는 부르고뉴이니까요."

그리고 그들은 서로를 마주 볼 수 있도록 의자를 틀었고 본격적으로 대화가 시작되었다. 1980년대의 파리와 현재의 파리, 상승한 물가와 폭등한 부동산, 와인 박람회, 전국의 맛있는 와인들이 다 모인다는 그 박람회에서 부르고뉴 와인이 보르도 와인을 판매량으로 이겼다는 시시콜콜한 이야기, 수다는 빈틈없이 계속되었다.

호텔 직원이 바닥이 난 커피를 다시 채우고 빵부스러기가 떨어진 바구니를 교체하는 동안에 여자는 몇 접시의 빵을 먹었던가! 그 엄청난 식욕이 모두 갱년기 탓이라던 여자에게 50대 부부는 살을 빼면 한결 편안해질 것이라며 다이어트를 권했다. 여자가 고개를 끄덕였다. 그녀가 말했다. 이제는 편안해지고 싶다고. 간절함과 애틋함이 담긴 열망이었다. 편안해진다는 것, 그것은 얼마나 다부진 꿈인가!

그들의 대화는 M과 내가 흥미를 느낄 만한 것들이 아니었지만, 우리는 때때로 귀를 기울이고 맞장구를 치기도 하며 그들의 말동무가 되었다. 모두가 이 호텔에 머무는 여행객이라는 유대감을 깨뜨리고 싶지 않아서였다.

낯선 이들의 말투와 그들이 선택하는 단어에 익숙해지

는 데는 약간의 시간이 필요하다. 여자는 지방 사투리를 썼고, 50대 부부의 말투는 전형적인 파리지앵이었다. 단조로운 톤과 빠른 리듬감, 약간의 상냥함이 있지만 거리감을 확실하게 표현하는 그들의 언어는 경쾌하면서 차가운 파리를 그대로 담았다. 여자는 파리지앵처럼 말하는 법을 배우고 싶다고 했고, 부부는 그런 여자가 재미있다는 듯 바라보며 말했다.

"당신의 사투리도 아름다워요."

여자는 소녀처럼 부끄러워했다. 우리는 서로를 향해 조심스러운 미소와 웃음을 건넨다.

"아, 파리 사람들은 걸음이 빠르다던데, 그런가요?"

여자가 물었다.

"조금 그런 것 같네요"라고 부부 중 남편이 말했고,

"꼭 그렇지만은 않아요"라고 한 것은 M이었다.

"파리는 대서양에 던졌다가 건져 올린 그물 같아요. 별의별 종들이 막 섞여 있죠. 그물 안에서 팔딱팔딱 뛰기는 하죠. 구멍에 어떻게든 머리를 쑤셔 넣어 보려고요. 그래도 빠져나갈 수 없어요. 그래서 모두 제풀에 지치고 말죠. 서로 머리가 낀 채로 버둥대며 버티는 거예요."

나는 부인의 말을 들으며 그물 안에 통째로 갇힌 파리를 상상했다. 소란한 고독들이 꿈틀대는 그물 속 분주한 도시를 그리고 그 모습은 창밖으로 보이는 황금빛 포도밭과 널찍하게 터진 한가로운 고속도로와 대조를 이루었다. 지금 나는 파리를 그리워하고 있는 것인가? 그 도시의 좁아 터진 뒷골목과 삐딱하게 선 사람들, 냄새 나는 지하철 그리고 '제발 내 이야기를 좀 들어줘'라고 외쳤던 어느 미친 노숙자의 비명을 말이다. 그물에 머리가 낀 채로 버둥대는 사람들의 도시, 판타지가 끝난 나의 파리와 그곳이 주는 익숙함이 문득 생각났다.

우리가 겨우 파리를 벗어나서 이제야 부르고뉴의 이야기를 시작하려고 하는 찰나, 호텔 직원이 아침 식사 시간이 종료되었음을 알렸다. 직원은 식당을 비워 줄 것을 요청했다. 아침 10시 반이었다. 다 같이 와인을 마시기에는 이른 시간이다. 우리는 이야기를 마무리하지 못한 채 각자의 방으로 흩어졌다. 어쩌면 다시 마주치지 못할지도 모르겠으나, 진한 작별 인사를 나누기에는 어색한 사이였다. 파리와 갱년기에 대한 이야기를 나눈, 부르고뉴에서 만난 이름 모를 인연들의 방문이 닫혔다.

M과 내가 준비를 마치고 로비에 내려왔을 때, 여자는 체크아웃을 하는 중이었다. 그 여자는 오늘 아침 식당에서 본 모습 그대로, 여전히 함부로 꺾은 꽃다발 같은 모습으로 직원에게 열쇠를 돌려주며 호텔을 나섰다.

"파리로 가시나요?"

M이 물었다.

여자는 고개를 끄덕였다.

"좋은 여행 하세요."

나는 여자에게 인사를 건넸다.

"나 지금 괜찮나요?"

그 여자의 확신 없는 물음에 우리는 고개를 힘껏 끄덕였다. 나는 몽마르트 한복판에 서 있을 여자를 상상했다. 사크레쾨르에 놓인 들꽃 한 다발 같지 않을까? 아무도 주워 가는 이 없이 싸늘한 바람에 쓸려 세상 한 바퀴를 돌고 돌아와, 그곳에 내가 갔다 왔었노라고 평생 추억하며 살지도 모르겠다.

여자가 떠났고 호텔을 나와 차에 올라탔다. 텅 빈 주차장에 내려앉은 적막감에 대단한 작별을 한 것 같은 기분이 들었다. 어디서부터 어떻게 이 여행을 시작해야 할지 모르는 우리는 쓸데없이 주차장을 배회했다. 저기에 포도밭이 있고, 길은 어딘가로 향하고, 저쪽 언덕 너머 성이 하나 있을 테고. 그다음은, 그런 후에는 뭘 해야 하나? 무엇을 보고 느껴야 하나? 가이드북을 가져올 것을 그랬다. 성실하고 꼼꼼하게 우리가 느껴야 할 감동과 실망까지 대신 기록해 준 그것이 있었다면 쉬웠을 것을.

이제 곧 점심시간이 다가오니, 관광은 잠시 뒤로 미루고 와인을 마시는 게 좋겠다. 여기는 와인의 고장, 부르고뉴이니까. M은 파리의 카페에서 즐기던 부르고뉴 화이트 와인 마콩 빌라주 2015년산을 마실 것이다. 익숙한 것을 손쉽게 고르는 M의 방식은 현명하다. 부르고뉴 와인은 종류도 가격도 너무 방대하니까. 그러나 내게는 여전히 새롭고 낯선 것이 매력적이다. 나는 이름 모를 와인병 앞에서 쉽게 결정을 내리지 못하고 갈등할 것이다. 무엇을 해야 할지 모르지만, 무언가를 해야 한다는 생각에 마음이 조급해지는 여행의 시작이다.

차가 포도밭 너머 저편까지 달리는 동안, 언젠가 갱년기라는 게 찾아오면 그때 가야 할 곳을 남겨 둬야겠다고 다짐했다. 한 번도 가지 않은 미지의 도시를 품고 갱년기를 맞이하고 싶다. 아니, 지금은 먼 갱년기에 대한 걱정보다 어떤 와인을 마셔야 할지에 집중하는 편이 낫겠다. 여행답게 미지의 맛을 품은 와인은 어떨까? 단 값이 비싸서는 안 된다. 여기서 삶과 소설은 각자의 방향을 찾아 간다.

열매를 내주고 시들어 가는 이 부르고뉴 포도밭에서 얇은 지갑을 한탄하며, 낯선 땅에게 길을 묻는다.

Une jeunesse qui vient de loin

그 애의 청아한 음색이
창틈으로 조금씩 새어 나가는 온기처럼 빠져나간다.
얼마나 안타까운 일인가?
목소리도, 공기도 잡을 수 없다는 것이.
새어 나가는 어떤 것들을 가만히 두고 봐야 한다는 것은.

멀리서 온 청춘

해는 분화구에서 떠올랐다. 움푹 파인 그것은 온몸을 다해 붉은 한 접시를 담아내려 애를 써도 자꾸 흘러넘쳤다. 산에서부터 푸른 새벽을 몰아내고 아침이 찾아온다. 나는 서른다섯이라는 나이를 생각했다. 가입한 보험이 두어 개 늘어난 것과 늦은 밤까지 이어지는 술자리가 부담스러워진 것을 제외하고는 무엇이 크게 달라졌는지 잘 모르겠다. 여전히 성의 없이 작별한 어제는 후회이고, 오늘의 아침은 혓바닥이 무겁다.

10여 년 동안 만났다가 헤어지기를 반복한 커플, T와 F가 집에 찾아왔다. 저녁 식사를 마친 후 술을 한 잔 마시고 두 사람의 잠자리를 어떻게 마련해야 할지 잠시 고민했는데, 자연스럽게 한 방으로 들어가는 것을 보고 그들의 관계가 헷갈리기 시작했다. 분명 얼마 전까지 완전히 헤어져서 각각 다른 사람이 생겼다고 들었던 것 같은데, 그들은 너무 자연스럽게 한 침대를 나눠 썼다. 민망한 시선이나 야한 손 짓 없이, 천이 두껍고 부드러운, 비슷한 트레이닝복을 입고 오래된 부부처럼 등을 돌리고 나란히 잠들었던 것이다. 아 침에 문틈으로 보이는 그들의 발은 어딘지 모르게 애처로 운 구석이 있었다. 오래 함께 걸은 사람들답게 비슷한 위치 에 굳은살이 박인 발바닥은 수없이 터진 물집과 상처를 기 억하고 있는 듯했다. 그들은 일주일 정도의 시간이 소요되 는 트래킹 코스를 걸어왔다고 했다. 그리고 다음 코스로 이 동하기 전에 우리 집에 들른 것이다. 기차역이 아니라, 리 용까지 이어지는 고속도로가 아니라, 저기 산중에서 내려 왔다는 사실이 믿어지지 않았다. 그러나 그들에게 너무 어 울리는 길이 아닌가? 아무 곳에서나 오줌을 누어도 부끄럽 지 않은 길, 말을 걸어 주지 않아도 서운할 것 없는 길 말이 다. 그들은 그 길을 커다란 배낭을 메고 두 발로 걸어왔다. 손에 들고 있던 식량 가방에서 호두를 꺼내 오독오독 씹으 면서 나란히 손을 흔들던 모습, 스물다섯 언저리, 그때의 모습이 아직 남아 있었다.

십 년 전, 우리가 줄곧 만나던 장소는 파리, 스테판의 집 이었다. 둥그런 식탁에 앉아서 커피나 차를 마시며 담배를 피우던 그 애들은 하루 종일 집 밖을 나가지 않았다. T는 거리 공연을 하던 사람이니까 일하는 시간이 따로 없었고, F는 대학 2학년을 휴학 중이었다. 지금 생각해 보면 얼마나 긴 시간이었던가. 둥근 원탁에 둘러앉아서 잎담배를 말고, 차를 마시고, 싱거운 농담을 하며 보냈던 그 가벼운 나날들은 무거운 추를 달고 회전하는 시계처럼 느리게 흘러갔다.

머리를 짧게 삭발했던 F는 아일랜드 여가수와 똑같은 목소리로 노래를 불렀는데, 언제나 같은 곡을 흥얼거렸다. 하루 종일 한 끼의 식사도 하지 않고 커피나 차로 버티다가 포도나 배 같은 과일을 한 조각씩 나눠 먹으며 F의 노랫소리를 듣고, T의 저글링을 보고, 스테판과 M의 피아노와 기타 연주를 감상했다. 겨울의 대낮은 밤의 여운을 다 떨치지 못한 채 천천히 찾아와서 그 좁은 방안을 뒹굴다가 금세 사라졌다. 한없이 지루했던, 차가운 빛이 하얗게 번지던 낮의 풍경을 떠올리자면 거기 어김없이 축 늘어진 청춘의 얼굴들이 있다.

코드가 맞지 않은 기타에 맞춰 노래를 부르고 짝짝이 양말을 신고 담요 속에 몸을 숨기며 중요하지 않은 이야기들을 심각하게, 쉼 없이 지껄이던 시절이었다. 나는 서른을 훌쩍 넘기고 찾아온 T와 F의 여문 얼굴에서 그때 우리가 목격했던 만남과 헤어짐을 기억해 냈다.

T와 F의 첫 번째 이별은 F가 베트남 여행을 마치고 돌아온 후였다. 스테판의 집에서 배와 양파, 호두, 크림을 넣

은 파스타를 먹던 중이었다. M은 크림에 들어간 양파를 골라내고 있었고, 스테판은 설거지가 제대로 되지 않은 접시의 지저분한 부위를 나이프로 긁고 있었는데, F가 갑자기 울음을 터뜨렸다. 물론 시작은 T의 비아냥거리는 말투였을 것이다. T는 어떻게든 F가 베트남에서 누구를 만났고 무엇을 했는지 캐내고 싶은 눈치였다. 싸움 구경만큼 재미있는 게 없다지만, 연인들의 싸움만큼은 피하고 싶었다. 잘한 쪽도 잘못한 쪽도, 승자도 패자도 없는 싸움이 무슨 재미가 있겠는가. 불편한 상황에 끼고 싶지 않았던 우리는 조용히 자리에서 일어나 부엌으로 도망쳤다. 냉랭한 기운이 전해지는 것은 어쩔 수 없지만 되도록 모르는 척 물을 크게 틀어 놓고 나흘째 쌓아 놓은 설거지를 했다. 나는 스파게티가 지렁이처럼 달라붙은 냄비 바닥을 닦으며 우리가 먹은 음식의 위생 상태에 대해 고민했고, 쓰레기봉투를 세 개째 묶던 스테판은 하필이면 자신의 집에서 싸우는 이유를 모르겠다며 투덜거렸다. 생각해 보면 웃음이 나는 일이다. 두 연인의 이야기를 당연하게 공유한 것도, 서로의 지루해하는 표정을 마주 보며 하품을 했던 것도, 더러운 담요를 덮고 한없이 함께 게을렀던 그 모든 일들은 이제는 이해할 수 없는 그 시절만의 이야기가 되었다. 김이 모락모락 올라오는 찻잔과 낡은 스웨터를 입고 머리를 긁적이던 스테판과 울던 F, 담배를 피우던 T, 눈치 없이 계속 배가 고프다던 M의 앳된 얼굴을 떠올리자니, 모두 어딘가에 두고 온 것만 같아서 애틋하다.

T와 F가 두 번째로 헤어졌을 때는 F가 남동생의 문병을 다녀온 후였다. 17살 생일에 F의 남동생이 자살 시도를 했다. 집안일에 꺼들지 않아도 된다고 냉정하게 가 버린 F도 그렇다고 진짜 가지 않은 T도 이해가 되지 않았으나, 그들을 이해해 줘야 하는 것은 오직 그들 자신뿐이지 내 몫은 아니라고 생각했다. 스테판이 T에게 기차푯값을 빌려주겠노라고 했지만, T는 끝내 거부했다. 언제 갚을지 모르는 돈을 계속 빌리는 것이 싫다고 했다. 기차푯값이 들어 있지 않던, T의 구멍 난 H&M 후드 점퍼를 기억한다. 일 년 내내 그것만 입고 다녔는데, 자유와 가난과 그리고 이상한 고집의 상징 같던 그 점퍼 속에 나뭇가지처럼 마른 그의 몸은 잔뜩 힘을 준 채로 무언가를 향해 화를 내고 있었다. 다 떨어진 돈 때문인지, F의 불행 탓인지, 그가 누리는 자유의 무게 탓인지, 아무도 알 수 없었다. 그날 T는 몇 번이고 점퍼의 구멍 속으로 손가락을 넣었다 빼기를 반복했다. 나는 그 횅한 구멍이 점점 더 커지는 것이 아닐까, 하나밖에 없는 든든한 외투가 망가질까 봐 마음을 졸였다. T는 어쩌면 구멍을 늘리면서 울리지 않는 F의 전화를 기다렸는지도 모르겠다.

동생의 자살 시도 소식에 지나치게 밝은 F의 성격도 마음에 걸리는 건 마찬가지였다. 시도 때도 없이 불렀던 사랑

노래들과 T의 빈정거림을 웃음으로 받아 주다가도 갑자기 차가워지는 얼굴, 그런 것들이 그저 까끌까끌한 밥처럼 목구멍과 가슴 언저리에 걸렸을 뿐이다. 남의 상처가 그렇다. 내게 오면 그렇게 얕고 작아진다.

일주일 후 F가 돌아왔다. 그리고 그 애들은 카드 게임을 하다가 눈물 없이, 서로를 향한 조롱 없이, 작은 한숨 한 번에 조용히 헤어졌다.

"우리는 그만하는 게 좋겠어."

"그래."

딱 두 마디. 게임을 시작하고 다섯 판 만에 겨우 이긴 스테판에게는 안타까운 일이었다. 하필 그 타이밍이라니.

그 애들의 세 번째 이별은 생마르탱 운하에서 찾아왔다. 스테판의 생일이었다. 추운 겨울에 옷을 눈사람처럼 껴입고 나와, 빙하가 된 운하 앞에서 샴페인을 터뜨렸다. 차가운 거품이 코끝을 간지럽혔고 잔을 들고 있던 손에는 감각이 없어졌지만, 우리는 자지러지게 웃었다. 샴페인, 그 대단한 사치는 느슨해진 끈처럼 나를 천천히 풀어놓았다. 금방이라도 땅을 껴안으면 겨울에 숨은 온기를 찾을 수 있을 것만 같았다. 이유 없이 들뜬 마음은 하루 종일 웅크렸던 시간에 위로가 되었다. 그리고 두 번째 샴페인 병을 열었을 때, 휴고 보스 패딩을 말끔하게 차려입고 왁스로 머리카락을 단정하게 손질한 남자가 다가왔다. 그는 자신을 F

의 남자친구라고 소개했고 일찍 합류하지 못했음을 사과
했다. 그가 '은행은 토요일 오전에도 근무를 해야 하니까'
라고 말했을 때, 우리는 사실 적지 않게 당황했다. F가 새로
운 남자 친구를 사귄 것보다, 그가 은행원이라는 사실이 조
금 더 충격적이었을 것이다. 다 떨어진 가방에 구겨진 지폐
를 마구 섞어 가지고 다니던 F에게 은행원이라니. 가장 먼
저 악수를 청한 것은 T였던가? 그는 감정을 알 수 없는 얼
굴로 그에게 인사를 건넸다. 어색한 소개의 시간이 이어지
고, 얼마 후 파티는 끝이 났다. 한 사람이 더 왔다고 샴페인
이 금세 바닥을 보였으니까. 돌아가는 길에 우리가 고개를
떨구었던 것은 술이 모자랐기 때문만은 아니었다. 개똥을
밟지 않기 위해서였다. 생마르탱 운하에 꽁꽁 언 개똥들이
굴러다녔다.

네 번째, 다섯 번째 헤어짐은 함께 하지 못했다. 나와 M
은 파리를 떠났고, 스테판은 파리 근교로, F는 그르노블에,
T는 남부로 떠났다. 그사이에도 가끔 스테판을 통해 그들
의 만남과 헤어짐을 전해 들었지만, 세상에서 제일 가벼운
연인의 이야기를 듣는 듯 쉽게 흘려 버렸다. 스테판과 연락
도 점점 뜸해졌다. 일 년에 한두 번 겨우 소식을 전하다가
그렇게 누가 먼저 소홀해졌는지도 모르게 멀어졌다. T와 F
도 그렇지 않았을까? 어느 순간부터 분명한 이유 없이, 누
구의 잘못인지도 모르게, 멀어진다는 것은 그런 것일 게다.

어느 날 급작스럽게 찾아온 억울한 이별과는 다르다. 그것은 너와 내가 이미 받아들였음을 의미한다. 나눠 쓰던 공간과 시간과 마음이 다하였음을 우리는 모두 수용하였다.

나는 M에게 두 사람이 여전히 연인 사이인지 물었다. M은 명료한 대답 없이 묵묵히 커피를 내리고 차를 끓였다. 너무 많은 이별과 만남을 겪은 그들은 타인이 정의할 수 없는 사이가 되었으리라. M은 이름 없는 그 관계를 침묵으로 부르고 있었다.

T와 F가 식탁에 앉아서 서로의 찻잔을 채워 주는 모습은 낯설지 않았다. 뜨거운 김은 서리 낀 유리창에 부딪쳐 물방울을 만들고, 네 사람의 온기가 공간의 빈 곳을 채운다. F가 잎담배를 말았다. T는 담배를 끊었다고 했다. 우리는 차와 커피와 담배가 사라지는 소리를 조용히 듣고 있었다. 편안하고 익숙한 겨울의 아침이다. 몇 번이고 함께 했던 그때 그 시간들을 꼭 닮았다. 다만 예전보다 조금 피로한 얼굴의 붉은 기가 가신 네 명의 어른이 앉아 있을 뿐이다. 길게 자른 사과와 호두를 나눠 먹으며 가끔씩 찾아오는 적적함을 받아들인다.

"카드 게임을 할까?"

M이 말했다.

"스테판이 없어서 안 돼"라고 대답한 것은 T였다. F는 담배를 피우다가 노래를 부르기 시작했다. 오랜만에 듣는 아일랜드 여가수의 노래, Nothing compares 2U. 그 애의 청아한 음색이 창틈으로 조금씩 새어 나가는 온기처럼 빠져나간다. 얼마나 안타까운 일인가? 목소리도, 공기도 잡을 수 없다는 것이. 새어 나가는 어떤 것들을 가만히 두고 봐야 한다는 것은. 그것은 유연하고 자연스럽게 우리 곁을 빠져나간다. 인간은 언제까지 이렇게 무기력해야 하는 것인지! 자꾸만 뒤로 물러나는 이 시간을 손바닥에 힘을 빼고 지켜본다.

　햇살이 바닥부터 천장까지 기어오르는 동안 우리는 과거에 함께 나눈 것들에 대한 이야기를 주고받았다. 그 느리고 지루했던 시간들은 생각보다 간단하게 요약되었고, 금세 소재는 바닥이 나고 말았다. 주고받는 기억 속에 우리의 시선은 미묘하게 달랐다. 각자의 삶과 경험이 과거라는 화면에 색을 덧입히는 동안, 차는 식어 가고 커피는 떨어졌고 담배 연기는 묵직하게 내려앉았다.

　점심을 건너뛴, 긴 아침 식사를 마치고 T와 F가 떠났다. 둘의 관계를 물어본다는 것을 깜빡 잊고 그냥 보냈다. 큰 배낭을 메고 길을 떠나는 그들은 보이지 않는 평행선을 따라 걷는 듯, 걸음이 엉키지 않게 나란히 앞으로 향했다. 마주 보지 않아도 서로가 어디 즈음에서 얼마나 힘들어하며 발을 떼고 있을지 잘 알고 있을 것이다. 그러나 섣부른 위로를 건네지 않는다. 주먹 두 개 정도의 사이를 두고 그들은 샛길로, 오르막길로 그리고 다시 내리막으로, 그렇게 산을 넘을 것이다.

칼바람이 불었다. 우리는 짧은 인사를 나누고, 온기가 새는 것이 두려워 문을 닫았다. 식탁 위에 사람이 남기고 간 흔적은 처참했다. 얼룩진 찻잔과 과일 껍질, 담뱃재, 과자 부스러기, 그것들을 치우자니 속이 헛헛해진다. 휑하니 사라진 시간 탓인지, 점심을 건너뛰어서인지. 어느 날 잊지 않고 찾아와 준 청춘을 다시 보낸 느낌이다.

어쨌든 또다시 오지 못할 오늘을 살았다. 그리고 그것은 이유를 알 수 없는 헛헛함을 안겼으나 굳이 입 밖으로 내뱉는 것이 어색한 말이 되어 삼켜졌다.

빈속에 속이 쓰릴 일이다.

Le gout de l'été

다만, 두 번 다시 찾을 수 없는 맛인 줄 모르고
너무 빨리 삼켜 버린 것이
이제 와 조금 후회된다.

여름의 맛

몇 년 전 7월의 아침, 이구아나 카페의 풍경을 떠올린다. 호두나무 탁자에서는 고소한 개암 향이 났다. 날이 뜨거워지기 전에 진한 커피로 아침을 깨우는 것이 그곳에서 나의 첫 번째 일과였다. 누군가의 샌들에 실려 온 백색 모래는 바람을 타고 의자, 테이블 곳곳에 흩뿌려져서 살갗을 간지럽혔다. 나는 그해 단 한 권의 책으로 여름을 보냈다. 어느 페이지에는 와인 자국과 커피 자국이, 또 다른 페이지에는 모래알이 숨어 있었다. 성급하게 넘긴 곳은 찢겼고 어쩌다 귀퉁이가 접힌 페이지는 늘 먼저 펼쳐져서 중요한 문장이 있는 것은 아닐까 기대하게 만들었다. 하얀 종이는 바닷가의 요오드 향을 머금고 색이 바래졌다. 짠바람에 눅눅히 젖어 들고 말려지기를 반복하며 여름의 시간을 탐욕스럽게 먹은 것이다. 나는 이구아나의 노란색 파라솔 아래 숨어 그 책의 같은 페이지를 며칠씩 읽고 또 읽었다.

바다가 보이는 카페의 테라스에는 아침저녁 할 것 없이 사람들로 붐볐다. 실밥이 터진 여행 가방을 바닥에 내려놓은 채 크루아상을 세 개나 먹었던 여자, 그 여자는 매일 커피 한 잔을 시켜 놓고 신문의 구직란에 몇 시간 동안 동그라미를 치고 밑줄을 그었다. 여자의 나이는 주름 사이사이 거무튀튀한 기미로 짐작할 수 있었는데 회색 머리카락과 제모를 하지 않은 팔다리, 무채색의 더운 옷차림에 땀을 뻘뻘 흘리던 모습을 보고 있노라면 문밖에 둔 손님처럼 어쩐지 마음이 쓰였다. 일자리가 많은 여름 휴양지라지만, 그녀에게만큼은 구직이 쉽지 않아 보였다.

해변과 완벽하게 조화를 이루었던 것은 누가 뭐래도 10대 여자아이들의 핑크색 비키니였다. 발육이 덜 된 그 아이들의 날렵한 몸은 섹시하지는 않지만 가볍고 산뜻했으며, 즐겨 마시던 주스에서는 상큼한 시트러스 향이 나는 것 같았다. 역시 여름 햇살은 그 애들 편이었을까, 옅게 생기기 시작한 주근깨는 질투가 날 만큼 사랑스러웠다.

화려한 셔츠를 즐겨 입던 노인은 이구아나의 단골손님이었는데, 그는 아침마다 지역 신문의 사건 사고들을 읽으며 짧은 탄식을 내뱉고는 했다. 신문 기자들의 고심이 담긴 일간지였다. 그들은 작은 교통사고에도, 슈퍼마켓 위스키 절도범에도 민감했다. 신문의 페이지 수를 채우는 것은 그리 쉬운 일이 아니기 때문이다. 다행히 여름휴가가 시작되면 사건, 사고가 잦아진다. 쾌락은 검은 머리카락을 길게 풀어헤치고 들뜬 여름 밤거리를 활보하기 마련이다. 카지노 귀퉁이에서 마리화나를 피우던 젊은이들이야말로 기자들의 먹잇감이었다. 음주운전, 몸싸움, 마약, 하루에 하나씩 기삿거리를 제공해 줬던 그들이 있어서 지역 신문이 체면을 유지할 수 있었던 것이 아닐까? 그들이 있던 자리에는 짙은 풀 냄새와 한밤중 해변의 칵테일 향 그리고 돈 냄새가 났다. 그 복합적인 향기는 나름의 조화를 이루었지만, 새날이 밝으면 흔적도 없이 사라지고 말았다. 조력자는 파도였다. 언제 그랬냐는 듯, 지난밤 쾌락의 흔적들을 깨끗하게 치워 냈다. 한바탕 청소가 끝나고 나면 태양이 다시 떠오르고 빛이 바뀌면 공간의 기운이 달라진다. 땀을 흘려야 할 시간은 매일 잊지 않고 찾아오고야 만다.

그해 여름, M과 나는 노르망디에서 록 페스티벌을 즐긴 후 바다를 낀 도시, 화이앙(ROYAN)으로 넘어갔다. 북부에서 서부로, 투르, 푸아티에를 지나 내려오는 동안 귀에서 심장까지 내달렸던 음악들을 생각했다. 하늘은 낮았고, 노을은 순식간에 번졌으며, 우리를 홀렸던 기타 선율은 축축한 풀밭과 거친 사막을 사이좋게 한쪽씩 끼고 달리는 기분을 선사했다. 여름의 시작이 지나치게 몽환적인 것이 썩 좋은 일은 아니다. 이미 한껏 들떴던 축제가 끝난 후, 아직 남은 긴 여름을 어떻게 달래며 보내야 할지 생각하면 마냥 즐거울 수만은 없었다. 한여름의 휴양지까지 따라붙은 고민들을 언제까지 모른 척 피할 수는 없는 것이다.

어쨌든 우리는 달렸다. 그것이 음표든, 자동차든, 한껏 고조된 기온이든, 달궈진 태양이든, 그때 모든 것은 심장 가까이에 있었다.

처음으로 프랑스에서 보내는 여름이었다. 한국에 가지 않았다. 환율이 치솟았고 집안의 사정은 여전히 힘들어 보였다. 술에 취한 아빠의 목소리나, 고된 일과 책임감에 헐떡이는 엄마의 숨소리만으로도 많은 것들을 짐작할 수 있었다. 굳이 잘 지내는지, 괜찮은 것인지 묻지 않았다. 어떤 대답을 들어도 마음이 편치 않았을 것이다. 여름이 끝나면 파리에 돌아가서 닥치는 대로 아르바이트를 할 생각이었다. 경제적인 독립이 절실했으니까. 졸업을 하면 긴 유학 생활의 결과물이 나올 것이라는 부모의 기대에 대한 답은 스스로가 제일 잘 알고 있었다. 프랑스의 청년 취업난까지 이야기하지 않아도, 특별하게 내세울 것 없는 외국인이 할 수 있는 일은 많지 않았다. 어쨌든, 무엇이든 해야 한다. 그것이 내가 이구아나 카페에서 해변을 바라보며 내린 결론이었다. 별다른 구체적인 계획 없이, '그러니 제발 당신의 삶도 괜찮길 바란다'고 적혀 있는 책의 한 구절을 끌어안았다.

모래사장이 슬슬 달궈지기 시작하면 이구아나 카페를 나와 바다까지 단숨에 달려갔다. 밤 동안 식은 물은 아직 차가웠다. 옷을 벗고 바닷물에 뛰어들 때, 멋지게 파도를 타고 싶은 마음과 순식간에 고통 없이 휩쓸려가고 싶은 마음이 늘 공존했다. 나는 모든 걸 털고 일어나고 싶었고, 또 힘을 빼고 주저앉아 버리고 싶었다.

여름이 끝나면, 아니 잔액이 바닥이 날 때 즈음 파리로 돌아갈 생각이었다. 광분하는 나의 일상의 파도 속으로 돌아가야만 했다.

M이 해변에 있는 호텔 레스토랑에서 아르바이트를 하는 동안에 나는 지극히 비생산적인 하루를 보냈다. 아침에 눈을 떠서 M의 출근을 마중하고 이구아나 카페에서 커피를 마시며 책을 보다가 해가 뜨거워지면 바다에 뛰어들었다. 그렇다고 수영을 잘하는 것은 아니었다. 물에 동동 떠 있는 건 할 수 있으나 앞으로 나가지 않는다는 게 문제였다. 호흡이 힘들어지면 몸을 뒤집어야 한다. 침대에 눕는 것처럼 몸을 누이고 파도에 몸을 맡기면 죽지는 않는다고 배웠다. '대신 하염없이 떠내려가'라고 M이 말해 주었는데, 생각하면 아찔하다. 시체처럼 누워서 흔들리는 대로, 흘러가는 대로, 바다의 처분을 기다려야 하다니. 그렇게 나를 무력하게 만드는 것들이 두렵다. 예를 들면 바다, 설명할

수 없는 감정 그리고 시간, 그런 유의 거대하고 모호한 것들.

지금 생각해도 몸을 뒤집는 방법을 아껴 둔 것은 잘한 일인 것 같다. 정말 다급한 순간, 호흡을 할 수 없거나 팔다리에 쥐가 나서 꼼짝할 수 없을 때를 제외하고는 거대한 바다 위를 대책 없이 떠다니고 싶지는 않다. 짭짤한 바닷물을 더 이상 마실 수 없을 때까지, 혓바닥이 굳어 입안에 굴러다니는 까끌까끌한 모래알을 닦아 낼 수 없을 때까지, 할 수 있는 한 두 발과 두 팔로 허우적거리는 편이 낫다. 몸부림을 치며 버티는 게, 어떻게든 내 쪽에서 주도권을 쥐고 있는 편이 안심이다. 사실 깊은 곳까지 들어갈 용기도 없었다. 얕은 바닷물에서 떠내려가는 게 두려워 온몸에 힘을 주고 있었을 뿐이다. 아무것도 하지 않고 혼자 지치기에 가장 좋은 자세였다.

팔다리에 피로감이 심하게 느껴지면 모래사장으로 올라와 몸을 말렸다. 하얀 물방울이 뜨거운 태양 아래 빠른 속도로 사라졌고 두 발은 모래밭 깊숙이 파묻혔다. 발바닥이 따뜻해질 때 즈음에는 다시 책을 펼쳤다. 그 책에는 여럿의 목소리가 숨어 있었다. 한국에 있는 가족도, M도 들을 수 없는 오직 그들과 나만의 언어였다. 세상에는 나만이 알 수 있는 언어로 말하는 책이 있다. 별거 아닌 문장에 숨은 비밀스러운 암호들, 그것들은 알사탕처럼 허에서 녹으며 처음 느끼는 맛들을 선사했다. 어린 날에는 이해할 수 없었던, 달지 않고 밍밍하고 심지어 씁쓸하기까지 했던 어른의 맛, 문장을 곱씹으며 그것을 느꼈다.

책과 수건을 가슴에 품고 집으로 돌아가는 길에는 슈퍼에 들러서 파스타 1kg과 토마토소스를 샀다. 금세 딱딱해지는 바게트 대신 식빵을, 유통기한이 끝나 가는 치즈는 자주 할인을 해서 한 개 값에 두 개를 살 수 있었으며, 와인 한 병도 빠질 수 없었다. 로제 와인이 없는 여름 식탁은 한없이 침울하니까.

나는 여름 동안 적은 재료로 느리게 요리하는 법을 배웠다. 넉넉히 삶은 파스타 면은 빈약한 식탁에 언제나 큰 위안이었다. 누군가의 부엌을 조심스럽게 다루는 시간, 나는 집주인을 생각했다. 퇴직한 노부부였다. 마을 어귀에 살고 있는, 싼값에 집을 내어 주는 마음 좋은 사람들이었다. 그런 이들을 상대하는 것이 마냥 편하지만은 않았다. 나의 거친 손이 그들이 아끼는 무언가에 상처를 낼까 두려웠다.

M은 풀벌레 우는 소리가 들리는 저녁이 되어서야 집에 돌아왔다. 우리는 테라스에 상을 차리고 늦은 저녁을 함께 먹었다. 하루 종일 몸을 움직였다는 핑계로 접시에 파스타를 수북하게 쌓았다.

밥을 먹은 후에는 M이 팁으로 받은 동전들을 식탁 위에 꺼내 놓고 그날의 수입을 함께 세었는데, 2유로짜리가 많은 날은 횡재한 기분이었다. 동전의 쨍그랑 소리가 얼마나 유쾌했는지. 모이면 제법 쏠쏠한 그 돈으로 피자를 사 먹거나, 로제 와인을 두 병 정도 살 수도 있었다. 그러고 보니 그해는 정말 로제 와인이 맛있었다. 아무것도 넣지 않은, 뻑뻑하게 삶아진 파스타라지만 버터를 한 스푼 올리면 금세 부드러워지고 속까지 든든하게 채워졌다. 그러니까 '내일은 조금 더 멀리까지 수영을 해 볼 만하겠다', 그런 다짐을 하게 만드는 맛이랄까.

"일자리가 잘 구해질까?" M에게 넌지시 위로받고 싶은 마음에 물으면 그는 "괜찮을 거야"라고 대답해 주었다.

정말 내 삶은 괜찮아질 것인가. 여름 내내, 해변의 도시에서 파스타를 씹고 또 씹으며 수십 번 생각했다. 그러고 보니 조금 싱거운 그 요리는 참 다양한 맛을 가지고 있었던 것 같다. 씹을수록 괜찮다고 생각했다. 꽤 괜찮은 맛이었다. 다만, 두 번 다시 찾을 수 없는 맛인 줄 모르고 너무 빨리 삼켜 버린 것이 이제 와 조금 후회된다.

이제 또 한 번의 여름이 갔다. 올여름은 여름 같지 않게 무더위도 없었고, 한국도 휴가도 가지 못했다. 대신 카페와 상점들이 많은 동네로 이사를 했는데, 분위기가 정겨운 바에서 술 한 잔을 마실 수 있어서 좋다.

근처 카페에 갔다가 로제 와인을 마셨다. 오랜만에 마시는 로제 와인은 생각보다 별로여서 어쩐지 속은 기분이

들었다. 시큼하고 아린 이 맛이 싫은 건, 여름을 빼앗긴 탓인가? 입맛이 변해서인가? 무언가 변했다면, 매일 눈치를 채지 못하게 조심스럽게 찾아왔을 것이다. 별것 아닌 작은 변화들은 원래부터 그랬다는 듯 뻔뻔하게 내 안에 자리를 잡는다.

그러고 보니 요즘 다독을 한다. 읽어야 할 책이 많기 때문이다. 허황된 욕심인지도 모르겠다. 동시에 여럿의 애인을 만나는 바람둥이처럼 나는 얕은 마음을 주고받는다. 순간순간 '바로 그것'이라고 여겼던 것들은 생각보다 빨리 저물고 급하게 사라진다. 누군가 방해하는 것도 아닌데, 나는 이제 단 한 권의 책을 읽으며 그것이 숨겨 놓은 여러 개의 목소리를 찾아낼 수는 없을 것 같다.

M과 나는 로제 와인에 불그스름하게 취해서 집에 돌아오는 길에 시장을 봤다. 파스타가 먹고 싶었으나 밀가루가 몸에 맞지 않는다는 의사의 말에 참기로 했다. 완전히 끊을 수 있을까? 그 쫀득한 식감과 고소한 맛을 대체할 수 있는 건 과연 무엇일까? 어쨌든 한동안 먹지 않기로 결심했으니 지켜야 한다. 이런저런 생각으로 수십 개의 파스타 면이 진열된 판매대 앞을 서성이고 있었는데 나름 심각한 표정을 짓고 있었던 모양이다. M이 괜찮은지 물었다.

괜찮다.

안 괜찮을 건 무엇인가? 여름이 이렇게 가 버렸다고 한들, 몇 번을 보냈고 몇 번을 이겨 낸 여름인데. 그러니까 나는 모든 게 괜찮아졌다고 생각한다. 큰 변화는 없었다. 모두 아주 작은 것들에 불과하다. 행복을 구걸하지 않고 불행을 내뱉지 않는 법을 배워 갈 뿐이다. 나를 흔드는 것에 조금은 덜 동요하며 하루를 산다. 그래서 지금 어쩌면 괜찮지 않을 당신에게, 언젠가 내가 해변에서 태양과 함께 끌어안았던 책 한 구절을 보내고 싶다.

'그러니 제발 당신의 삶도 괜찮길 바란다.'

괜찮아질 것이다.

꼭 그렇게 될 것이다.

에필로그

– 태양을 마주하고

Face au Soleil

우리는 지금 하얀 암흑 속을 걷고 있다.

태양을 마주하고

추운 계절의 시작과 함께 붉은 지붕 산장의 굴뚝에서 연기가 올라오기 시작했다. 10월, 이곳에서는 벌써 벽난로에 불을 지피고 화덕을 데운다. 며칠 동안 추적추적 내린 비에 습기를 먹은 나무 탁자와 의자, 벽돌색 담요와 카펫을 말리기 위해서다.

큰 창으로 모레노 고개를 넘는 소 떼들이 보였다. 느리게, 그러나 꾸준히 돌멩이를 골라내며 이른 겨울을 맞이하러 나간다. 관광객이 찾지 않는 이곳에 산장을 만든 주인은 돈벌이에는 영 관심이 없는 듯, 지인들이 모여 앉은 식탁을 좀처럼 떠나지 않는다. 고소하게 구운 크레프와 찬 맥주를 마시던 그들은 지난 계절에 겪었던 일련의 사건들을 쉴 새 없이 이야기했다. 누군가에게 서운했고, 병에 걸려 고생을 했으며, 아이가 태어났거나, 새로 취미 생활을 시작한 일,

그 모든 것들은 너무 소소하여 차라리 고마운 마음이 느껴질 정도였다. 비슷한 삶 속에서, 닮은 마음을 품고 사는 사람들이 있다는 것은 경멸하고 싶을 정도로 하찮았던 나의 일상에 대한 위로이다. 나는 맑게 우려낸 차를 마시며, 집주인이 구운 빵 한 조각을 먹고 찬 자갈밭으로 나갈 준비를 한다.

발바닥이 아픈 그곳을 걸어 사나운 계절의 횡포를 견뎌 낸 숲을 지나면, 그 끝에 세비에르 호수가 있다. 우리는 그곳에 가기로 했다. 지금 우리에게 필요한 것은 압도적인, 그래서 스스로 입을 다물게 만드는 어떤 힘일 것이다. 말이 많아졌으므로. 말이 많아지면 입안과 마음의 잡스러운 냄새가 올라온다. 서둘러 입을 다물지 않으면, 그 고약한 냄새를 들키고 말 것이다. 그러니 M과 나는 한 줌의 침묵을 찾아 이곳에 온 것이다.

산장의 문을 열고 자갈밭으로 향한다. 먹잇감을 발견한 듯 순식간에 달려드는 바람은 예상보다 늘 조금 더 차갑다. 얼마 전 도시로 이사를 한 우리는 산에 찾아오는 계절의 모습을 완전히 잊어버렸다. 그것은 도시로 넘어오는 속내를 감춘 얼굴과는 다르다. 실오라기 하나 걸치지 않고, 나체로 달려들어 닥치는 대로 바닥에 넘어뜨리려 한다. 옷을 몇 겹씩 껴입는 편이 좋았을 것이다. 도시에서 감질나게 부는 바람에 잠시 그것의 본모습을 잊고 틈을 보이고 말았다. 바람은 놓치지 않고 속을 파고든다. 발목이 드러나는 청바지, 목 끝까지 잠기지 않는 점퍼, 자꾸만 흘러내려 오는 스카프 그리고 발바닥이 아픈, 밑창이 닳은 운동화, 이 계절의 본색을 아는 이들이 보았다면 비웃음을 살 일이다.

산의 허리를 감고 돌아온 공기에 눈과 콧잔등이 시리나 얼굴에 힘을 주어 마주한다. 하나도 놓치지 않고 담아 가련다. 이 계절의 축복은 쉬이 오는 것이 아니다. 지금 여기, 모레노 고개에 펼쳐진 붉은 기운을 품은 것들과 한없이 옅어졌고, 또 대책 없이 진해진, 각기 다른 방식으로 춤을 추는 생명들의 마지막 축제를 놓치고 싶지 않다. 겨울이 오면 이 모든 것들이 사라질 테니. 지독하게 내리는 눈은 자랑이든 허물이든 사정을 봐주지 않고 덮어 버린다. 야생 동물의 발자국만 남는 시기가 되면 고개로 올라오는 도로는 차단된다. 세비에르의 겨울은 그렇게 비밀스럽게 감춰지고 만다. 아무도 그 겨울 동안 무엇이 죽고, 무엇이 다시 태어나는지 모를 것이다. 한동안 모습을 감추고, 오롯이 혼자 견뎌 내는 것. 그것이 세비에르가 가진 미스틱한 아름다움의 근원이다.

자연적으로 생성된 이 호수는 계절을 받아들이고 소화하는 능력이 탁월하다. 땅은 시간이 만들어 낸 온기와 냉기를 고스란히 흡수하여 표출하고, 생태계는 그것에 맞춰 생성과 소멸을 반복한다.

비가 오면 발목까지 진흙이 쌓여 늪이 생기고, 습지에

서 서식하는 식물들은 나무 기둥 사이에서 몸을 꼬아 번식한다. 가뭄이 오면 쩍쩍 갈라지는 땅, 그 틈에서 살아남는 생명들을 본 적이 있는가? 부서지는 모래를 감당해 내는 그것들은 불평이나 불만을 토로하지 않는다. 그저 끈기 있게 생을 유지할 뿐이다.

지난 며칠 동안 비가 왔으니, 여지없이 진흙탕 밭이 우리를 기다리고 있었다. 검은 흙이 일렁거렸다. 발을 디딜 만한 반들반들한 돌이나 굳은 지반을 찾는다. 아무래도 흙탕물 속에 발을 담그지 않고서 호수까지 갈 수는 없을 듯하다. 하필이면 이런 날에, 미루고 미루다가 고른 날이 이렇다. 게으름 탓인가. 맑고 화창한 날이 계속될 때, 나는 도심 카페의 테라스에서 분수쇼에 취해 이곳을 잊고 있었다. 그것은 줄곧 요한 스트라우스의 '아름답고 푸른 도나우강'에 맞춰 물줄기를 내뿜었고 화려한 조명으로 사람들의 시선을 사로잡았는데, 물줄기들은 버튼 하나만 누르면 완벽하게 리듬을 타며 춤을 췄다. 밤이고 낮이고 지치지 않고 계속되는 춤이었다. 한가로운 시절 끝에, 반복되는 편안함과 익숙함 후에 비로소 고개를 내미는 것은 공허함을 실어 나르는 도시의 계절이었다. 그것은 정면이 아닌, 옆면과 뒷면에서 목덜미와 손끝을 가볍게 스치면서 악을 올린다. 아스팔트가 차다. 술 취한 사람이 마주한 벽에는 장난스럽게 그린 야한 그림과 누군가의 이름이 가루가 되어 하얗게 떨어졌다. 하루의 중반 즈음에 어디론가 급히 발걸음을 옮기는 사람들을 보면 고질병 같은 허무가 찾아온다. 제자리걸음 그러나 그것이 아니라면, 이 스산함을 떨쳐내기 위해서 어디로 발걸음을 옮겨야 한단 말인가? 요한 스트라우스의 음악은 끝났고 분수쇼는 막을 내렸다. 여물기만 할 줄 알았던 것들이 시들어 떨어지고, 나는 이 계절의 중반에 혼자 멈춰섰다. 흐린 하늘과 비에 익숙해져야 하는 시기라지만 태양이 그리웠다. 지금 당장, 똑바로 고개를 들고 그 속으로 걸어 들어가고 싶었다. 뜨거워진 머리를 더 큰 열기로 식히고 싶은 것이다. 일상을 덮는다. 그리고 이제서야 이곳에 왔다.

모든 것이 불투명했던 한때, 우리는 호수를 두세 바퀴씩 돌며 머리를 비워 냈다. 아무것도 생각하지 않고, 오늘, 내일, 과거, 미래, 그런 것들도 모두 덮어 두고, 인간이 만들어 낸 소음들을 배제 시킨 이곳에서 입을 닫는 법을 배웠다. 그리고 다시 여기, 여전히 모든 것은 불투명하다. 우리는 전과 후를 생각하지 않는 법을 배웠다고 자신했으나 불안과 회상, 덧없는 기대 같은 것은 정기 간행물처럼 찾아온다. 보폭을 넓혀서 도망치자. 발을 디딜 만한 돌을 찾지만, 몇 발자국 가지 못하고 미끄러졌다. 당연한 결과다. 발목까지 진흙탕에 빠져 버렸다. 한번 더러워진 신발은 이제 앞으로 나가는 길을 한결 수월하게 해 줄 것이다. 나는 질척이

는 그것에 충분히 빠졌다가 나오기를 반복하며 앞으로 나
간다. 소름 끼치게 축축한 느낌을 한두 번쯤 견뎌 내고 나
면, 그 안에서 나름 매끄럽고 부드러운 감촉을 찾아내게 된
다. M은 이미 바지를 걷고 진흙을 휘저었다. 숨겨 놓은 종
아리의 하얀 살갗 위로 흙이 엉겨 붙는다.

흙탕물 속에는 죽음이 숨어 있다. 철을 모르고 일찍 떨
어진 나뭇잎, 덜 익은 열매들, 거칠게 꺾인 나뭇가지, 누군
가 버리고 간 음식물 쓰레기, 맥주병 그리고 나방. 어쩌다
가 이 진흙더미 속에서 생을 마쳤을까? 부러진 날개를 늘
어뜨린 그것은 어느 캄캄한 밤, 불빛을 찾아 떠밀려 온 것
이리라. 지난 여름밤, 손전등을 켰던 사람들을 기억하며 날
아왔겠지. 이렇게 컴컴한 곳에 갇힐 줄 모르고. 검은 흙더
미를 뒤집어쓴 나방과 우리의 발은 오이디푸스의 그것처
럼 부풀어 오른다. 오이디푸스, '발이 부은 자'라는 뜻의 이
름이다. 저주의 무게를 발목에 감고, 운명 속으로 걸어 들
어가는 비극의 주인공을 떠올려 본다. 그것에 비하면 나의
발은 아직 너무 가볍다. 한낱 흙더미를 감은 두 발은 어떤
이야기의 주제도 되지 못한다. 입을 닫자. 그리고 걷자. 물
의 소리가 들린다. 고여 있는, 약한 지반이 받아 낸 물은 참
방참방 제자리에서 흔들린다. 앞으로 뒤로 균형을 잡아가
며 고요히. 이제 여기, 우리 둘과 세비에르 호수가 정면으
로 마주쳤다.

구름은 빠르게 밀려와 투명한 호숫물로 뛰어들었다. 손

을 넣으면 한 조각 떠낼 수 있을 것처럼 생생하게, 맑은 물의 파동에 따라 가만히 몸을 떤다. 숨을 조심해서 내쉬어야 한다. 그들의 조화와 고요를 방해해서는 안 될 것이다.

완벽한 계절이다. 비와 바람은 이미 지나갔고, 사람들도 떠난, 자유의 계절에 풀도 자갈도 호수도 사유의 시간을 갖는다.

그렇다. 그들처럼 고요한 사유의 시간을 서로에게 허락해야 한다. 각자의 시간 속에서 그는 그만의, 나는 나만의 치유의 시간이 필요할 것이다. 나눌 수 없는 삶의 몫이 있다. 이 호수를 한 바퀴 돌고 나면, 다만 등을 쓸어내려 주자. 어쩔 수 없는 마음의 구멍을 이해한다고 말하면서, 그저 나란히 걷자. 그렇게 태양을 향해 걷다가, 잠시 눈이 멀어 보자.

호수를 따라 걸음을 옮긴다. 푸른 물감을 옅게 탄 물속, 그 안에서 파닥거리는 생명체의 소리가 울려 퍼졌다. 수면에 철퍼덕 눕는 민물고기와 수경식물들 사이를 미끄러지는 송사리들이다. 그리고 언젠가 제물로 바쳐졌다는 전설 속 여자가 호수의 밑바닥에서 기도를 드리고 있을 것이다. 그 여자는 이 호수 괴물 때문에 죽어 나가는 사람들을 위해 물속에 던져졌다고 한다. 질식했거나 저체온증으로 죽었을 여자의 울음 섞인 기도가 들리는 것도 같다. 저 깊은 어딘가에서 '웅웅'거리는 소리는, 그러니까 천 년 전에 언어

를 잃어버린 여자의 저주일까? 그리고 그것마저도 집어삼
킨 이곳은 저주든 축복이든 상관없이 초연하게 계절을 따
라 출렁인다. 늙지도 않고, 인간사에 마음도 쓰지 아니하
고, 때에 따라 변하는 모든 것들을 덤덤히 받아들인다.

　나는 호수를 덮는 또 한 층의 소리에 귀를 기울인다. 낮
은 바람이다. 갈대 사이를 스삭스삭 포복을 낮춰 기어간
다. 발목을 노린 것이다. 순식간에 휘어 잡혔다. 나는 휘청
거리며 갈대숲을 헤쳐 나간다. 까슬한 잎이 먼 곳까지 펼쳐
졌다. 이름 모를 벌레들이 무릎까지 뛰어올랐다가 미끄러
진다. 진흙이 묻은 발은 무게감 있게 약한 잎들을 짓누르지
만, 엄청난 숫자의 노란 장병들은 아무리 밟혀도 꿋꿋이 다
시 일어난다. 그리고 저기 멀리, 무리 지어 달아나는 메뚜
기 떼들. 그들에게 우리의 존재는 얼마나 불필요한 소동일
까? 조용한 질서를 무너뜨리는, 오이디푸스보다 가벼운 네
개의 발이 성큼성큼 갈대숲을 헤엄친다. 나는 가녀린 줄기
들을 가차 없이 밀어냈다. 손등을 긁혀 가며, 가쁜 숨을 몰
아쉬며, 물비린내는 폐부 깊숙이 들어가 잠자던 기억을 깨
운다. 그 옛날 내 어머니가 나를 낳고 먹었다던 미역국, 생
명의 기대를 담았던 그 해초 한 그릇은 모유가 되어 나를
살찌웠다. 한때 우리는 모두 얼마나 경이로운 생명이었던
가!

　처음부터 초라한 삶을 예상했던 사람은 없을 것이다.

이제는 무력한 두 다리를 받아들이기 위해 진흙을 감고 걷는다. 돌아봐야 원점이라는 것을 알면서도 걸음을 뗀다. 내게 지금 중요한 것은 얼마만큼 나아간 것이 아니라, 걷고 있는 지금 이 시간이다.

태양이 발광한다. 이마 위, 정면이다. 호수의 반을 지났다. 그러니 이제 태양을 향해 직진하자.

순식간에 하얀 광이 번뜩하고 빛났다. 잠시 사방의 모든 것이 형태와 색을 잃는다. 나는 그 강렬함에 다리의 힘이 풀리고 만다.

아무것도 할 수 없음을, 이토록 아무것도 아님을, 그래서 길을 모르고 걸어야 하는 운명임을 받아들인다. 그것이 저주인지 축복인지 모른 채, 눈이 먼 채, 나머지 반을 향해 나간다. 너무 하찮아서 나눠질 수 없는 두 삶의 무게를 각자 머리에 이고 괴로워하며, 서로의 굽은 등을 안쓰러워하며, 태양을 향해, 똑바로.

눈이 멀 것이다. 발이 부풀어 오를 것이다.

그리고 어느 날 물속에 던져져 울며 기도하겠지.

웅웅웅.

그 누구에게도 전달되지 않은 채, 자신조차도 알아들을 수 없는 진공의 언어가 되어, 이 모든 삶의 영문을 여전히 이해하지 못하고 습관적으로 신께 빌 것이다.

그러니 지금 위로하자. 태양을 향해 먼 걸음을 떼는 너의 등을, 나의 발을.

우리는 지금 하얀 암흑 속을 걷고 있다.

2023년, 열 여섯 번의 낮

– 촛불을 켜는 사람

촛불을 켜는 사람

한낮의 길에서 양초를 켠 사람을 봤다. 시장에서 파와 무와 배추를 팔던 여자였다. 등이 기역자로 굽고, 무릎이 45도로 꺾인 여자. 내가 어릴 때 엄마는 몸이 굽은 여자들을 보며 말했다. "먹여 살리느라 굽지."

그리고 그 여자들에게서 파와 배추와 무를 한 봉지씩 사며 내게 속삭였다.

"사랑이야, 그게."

그날 나는 사랑하면 굽고 휘고 꺾인다는 것을 배웠다.

시장에서 양초를 켠 여자는 촛불 앞에서 꼭 쥔 주먹을 슬그머니 폈다. 손바닥에 숨겨 뒀던 추위를 꺼내 녹이는 중이었다. 촛불이 흔들릴 때마다 흙냄새 땀 냄새, 나물 냄새, 그리고 천 원짜리 지폐 냄새가 났다. 여자와 시장, 지금 내가 사는 곳의 냄새다.

지난여름, 태어나고 자란 시장으로 돌아왔다. 여자들이 나란히 또는 마주 보고 앉아 과일과 야채를 팔던 골목으로, 그 골목 끝에 엄마가 사는 집으로. 오래전에 살았던 집에서 다시 살게 되는 것, 그러니까 과거의 장소에서 현재를 사는 일은 지나간 시간을 다시 살아 볼 수 있다는 점에서 글쓰기와 닮았다. 똑같이 혹은 다르게, 이해하거나 거부하면서, 멈추거나 나아가면서 다시 살기. 우리가 살았던 모든 장소들과 글은 그런 일을 허락한다.

나는 양초를 켠 여자를 알고 있다. 오래전 골목에서 여자는 '어머니'라 부르는 사람과 함께였다. 어머니가 파와 마늘을 다듬으면 여자는 그것을 팔았다. 동네에서 두 여자는 어머니와 며느리로 불렸다. "어머니, 파 한 단이요." "며느리, 마늘 한 소쿠리 줘." 여자가 골목 귀퉁이에서 찬밥을 끓여 신문지를 깔고 어머니 앞에 상을 차리면, 두 사람은 말없이 밥을 함께 먹었다.

어머니가 세상을 떠난 후 여자는 며느리가 아닌 최 씨로 불렸으나 그것이 정말 그의 성씨인지는 알 수 없다. 어떤 사람들은 아버지에게 물려받은 성 대신에 남편의 성을 쓰기도 했으니까. "김 씨나 최 씨나 내 것은 아니지"라고 말하는 여자의 우스갯소리를 들어 본 적 있다. 누군가 "그럼 무엇으로 불러줄까?" 묻자 "배추, 배추라 해 주오"라고 답한 것도. 배추씨, 배추야. 사람들이 웃으며 여자를 불렀다. 며느리로, 아버지와 남편의 성씨로, 배추로. 여자의 이름은 자주 바뀌었다.

이제 여자의 이름은 '초를 켜는 그이'다. 나는 그 이름을 '반찬을 파는 그이'에게서 들었다. 물론 '떡을 파는 그이'도, '두부를 파는 그이'도 있다. 이곳에서 '그이'는 삼인칭 대명사가 아닌 여성형 명사다. 불어에서 달과 흙과 별이 여성형인 것처럼, '그이'는 이름 대신이 아닌 이름 그 자체이며, 달과 흙과 별처럼 고유하다.

나를 키운 장소를 내게 물었던 사람은 F였다. 우리는 극작가, 베르나르 마리 콜테스의 희곡을 매개로 만났다. 그당시 나는 콜테스의 희곡, 『Tabataba』에 매료되어 한국어로 옮기기를 희망했었고, 콜테스의 측근이었던 F는 에이즈로 사망한 작가 대신에 그 작품에 얽힌 이야기(창작 배경, 저작권 문제 등등)를 들려줄 수 있는 사람이었다.

5월, 파리의 어느 카페였다. F와 나는 테라스에서 커피를 마시며 날씨로 시작하여 여행지로 이어지는 대화를 나눴다. 그는 몇 개월 동안 『Tabataba』의 배경이었던 아프리카의 한 마을에서 지냈던 이야기를 들려줬다. 처음에는 일주일 정도 계획한 여행이었는데, 그곳에서 시어버터를 생산하는 여자들을 만났고, 그 여자들의 이야기를 카메라에 담기 위해 오래 머물게 되었다고……

"말하자면 콜테스 연극 그다음 이야기입니다."

F가 말했다. 나는 그가 자신만의 방식으로 막이 내린 연극의 뒷이야기를 쓰고 있다고 생각했다. 콜테스는 연극이 끝난 후 삶으로 돌아가는 일이 무대 위의 사건보다 더 중요하다고 말했으니까.

F는 테라스에 놓여 있던 작은 초를 가리키며 말을 이어 갔다.

"여기 이 촛불 같은 거예요. 어떤 사람이 생을 바쳐 초 하나를 켰다고 합시다. 그 사람은 떠나고 아름다운 촛불만 남았고요. 나는 그가 있던 자리에서 그의 촛불을 지키는 방식으로만은 살 수 없어요. 또 그것은 그가 바라는 게 아닐 겁니다. 그는 내가 그 초를 들고 어떤 길을 밝히기를 바라겠지요. 나는 그의 촛불을 들고 나아가는 중입니다. 불을 꺼트리지 않기 위해 매우 불안하고, 조심스러운 걸음을 걸어야 하겠지만 말입니다."

F의 말을 듣고 있던 나는 가방을 뒤져 라이터를 찾아냈고, 우리 앞에 놓인 그 작은 초를 켰다. 내가 불을 붙이는 동안 F는 두 손으로 5월의 미풍을 막았고, 초가 켜지는 순간 그와 나 사이에 찾아온 침묵과 초를 둘러싼 두 사람의 손이 마치 두 영혼의 기도 같다고 생각했다. 무엇을 위한 기도였을까. 내가 지금 그 시절, F와 내 앞에 초가 켜졌던 순간으로 돌아가려 한다면, 그것은 그때 나의 언어로는 설명할 수 없었던 아름답고, 약하고, 위태로운 것의 이름을 찾기 위해

서일 것이다.

커피를 마시고 헤어질 때쯤 F는 내게 DVD를 건네며 물었다.

"그 희곡은 모계 사회의 언어로 옮겨져야 합니다. 아프리카 어느 곳에서는 척박한 환경에서, 전쟁 속에서, 여성들이 노동으로 삶을 지키지요. 그곳에서 여성의 강인함은 어머니로부터 자식으로 이어집니다. 당신은 어머니들의 언어를 알고 있습니까?"

나는 그의 질문에 대답하지 못했다. 그도 답을 기대하지 않았으리라. 그런 질문은 답을 찾기 위해 존재하는 것이 아니라 또 다른 질문을 낳기 위해 존재하는 것이니까.

그가 준 DVD에는 시어버터를 생산하는 여성들의 모습이 담겨 있었다. 협동조합을 꾸려 경제 공동체를 만들고, 아이들을 함께 교육하고, 자신의 성씨를 아이들에게 물려주는 여성들의 이야기. 그들은 어머니에게서 물려받은 공동체 생활에 큰 자부심을 느꼈다. 물론 균열도 있었다. 성장기 아이를 둔 어머니는 자식이 더 큰 부계 사회로 나가길 바라는 마음을 숨기지 않았고, 또 다른 여자들은 아이들이 떠나면 후계가 사라지고, 그렇게 영영 사라질지도 모를 작은 공동체를 염려했다. 나는 그 아프리카 여자들에게서 내가 아는 그들을 봤다. 피부도 눈동자도 머리카락도 어느 하나 닮은 것 없었지만, 둥글게 굽은 등과 구부러진 무릎과 다가오는 모든 것을 끌어안겠다는 듯이 앞으로 뻗은 두 팔을 보면서 내가 자란 세계의 여자들을 떠올리지 않을 수 없었다. 시어버터를 생산하는 여자들은 내게 그들의 사랑이 어떤 힘을 가질 수 있다는 것과 희생으로 축약할 수 없는, 책임의 의무를 진 사람의 복잡하고 다양한 욕망을 알려 줬고, 나는 그것이 내 언어의 근원임을 직감했다. 기꺼이 몸을 굽히는 사랑과 복잡하고 다양한 욕망이 얽혀 있는 나의 모국어. 그러니 내가 옮기고 쓰는 모든 글은 그 언어를 향하지 않겠는가. 어쩌면 콜테스와 F와 아프리카 여자들이 내게 건넨 것은 양초였을지도 모른다. 한 번도 불을 붙여 본 적 없는 양초.

어릴 때 시장 아이들과 한낮에 양초를 켜 본 적이 있다. 아이들은 골목에 모일 때마다 집에서 무언가를 몰래 가져왔고, 그날은 과일가게 제삿날이었기 때문에 그 집 아들의 주머니에서 옻칠한 숟가락, 황태, 말린 대추 같은 것들이 나왔다. 그중에서도 우리의 시선을 사로잡은 것은 양초 한 자루였다. 우리는 골목 귀퉁이에서 양초를 켰다. 제일 덩치가 컸던 애가 점퍼를 벌려 겨울바람을 막았다. 과일가게 남자애가 성냥에 불을 붙였다. 타다닥 불이 붙자 아이들이 환호했고, 초 심지에서 고요히 불꽃이 올라올 때는 작은 숨소리만 들렸다.

"눈 감아."

누군가 말했다.

우리는 소원을 빌었다. 촛불을 꺼트리지 않기 위해 양초를 둘러싸고 몸을 굽히고 무릎을 꺾었다. 소원은 미래에 있었다. 그러니 그때 우리가 사랑했던 것은 미래의 온기였을까.

과일가게 남자애가 촛불을 꺼트리지 않고 집까지 가져가면 소원이 이뤄진다고 했다.

"꺼지면?"

"불행이 찾아오지."

그 애 말에 모두 지레 겁을 먹고 한 발짝 물러났는데, 제일 어렸던 여자아이가 용감하게 초를 받아 들고 골목을 나섰다. 조심조심 걸음을 옮기면서. 그때 그 애 머리 위로 해가 기울고 있었는데…… 어디까지 갔을까. 그 초는 어느 미래를 밝혔을까. 그 뒷모습을 퍽 오래 지켜봤던 기억이 있다.

"삼천 원."

양초를 켠 여자가 내게 말을 걸었다.

"네?"

"파 한 단에 삼천 원. 싸게 줄게 사. 이거 팔고 집에 가게."

여자는 내게 묻지도 않고 검은 봉지에 파를 담았다. 주머니를 뒤져 천 원짜리 지폐를 찾고 있는데, 멀리서 한 아이가 "엄마!"를 부르며 달려왔다. 양초를 켠 여자는 내게 봉지를 건네다 말고 달려오는 아이를 향해 몸을 돌렸다. 목이 길어지고, 팔이 저절로 앞으로 나가고, 허리를 조금 더 굽혀 품 안에 작은 공간을 만들었다. 시장에 앉아 있던 다른 여자들도 "엄마" 소리에 하던 일을 멈추고 고개를 돌렸다. 오래전 그 말이 다시 떠올랐다.

"사랑이야, 그게."

'엄마'를 부르며 달려오던 아이는 양초를 켠 여자와 다른 여자들을 금세 지나쳐 갔지만 여자들의 몸은 여전히 마중 중이었다.

"저걸로 안 추우세요?"

나는 초를 가리키며 물었다.

"이골이 나서 괜찮아. 초는 추워서 킨 거 아니요. 적적해서 킨 거지. 초 하나가 사람 온기 같을 때가 있어."

여자가 팔을 뻗어 촛불을 감싸며 말했다. 그 양초의 온기는 과거의 것이었을까. 여자가 사랑한 것은 오래전 어느 날, 밥을 끓여 함께 먹었던 사람과 엄마라 부르며 달려오는 아이의 온기였을까.

삼천 원어치 파를 들고 시장을 걸었다. 마주했던 사람들과 목도한 풍경이 내 안에 양초 한 자루를 들고 찾아와 묻는 듯하다. 불을 켜겠느냐고, 꺼트리면 불행이 될 수도 있고, 켰다고 추위를 달래 주지도 않지만 그럼에도 불구하고 그 촛불을 들고 갈 수 있겠느냐고…… 그렇게 아름답고 위태로운 것을 내가 할 수 있을까 가만히 생각하다가, 숨차게 달리던 아이가 드디어 엄마의 품에 안긴 것을 봤을 때, 엄마 품에 안긴 아이를 보고 안도하는 다른 여자들을 봤을 때, 파와 무와 배추와 초 한 자루를 다시 이고 지고 가는 여자의 모습이 꼭 삶을 끌어안은 것 같다고 느꼈을 때, 내 안에 환한 무언가가 이미 켜졌음을 느꼈다.

극작가, 와즈다 무아와드는 내가 이야기를 발견하는 것이 아니라 이야기가 내 앞에 나타나는 것이라고 했다. 내가 이야기를 알아보기 전에, 이야기가 먼저 나를 알아보는 것이며, 내가 할 수 있는 일은 그것을 잘 맞이하는 것뿐이라고. 어쩌면 내게도 그런 이야기가 온 것이 아닐까. 그런 생각을 할 때면 느껴지는 이 작은 온기가 누군가에게 받은 촛불인 것만 같다. 이야기 안에 담긴 달과 흙과 별처럼 고유한 사람들을, 그들의 삶을 나의 조급함과 무심함, 무지와 어리숙함으로 꺼트리고 싶지 않다. 사라지는 것들과 영영 돌아오지 않는 것들을, 누군가의 과거와 미래를 여기, 지금의 이야기로 환원하여 불을 붙이고 싶다.

그런 바람으로 이야기를 마중하는 법을 배우는 중이다. 언제나 내가 있는 곳을 향해 몸을 구부린 한 사람이 내게 들려줬던 그 말을 떠올리면서.

"사랑이야, 그게."

사랑이다, 그 모든 것이, 내게는.

열다섯 번의 낮

신유진

개정판 1쇄 2023년 4월 18일

지은이 신유진
편집 신승엽
사진 · 디자인 신승엽
펴낸이 신승엽

펴낸곳 1984BOOKS (일구팔사북스)
주소 전라북도 익산시 창인동 1가 115-12
팩스 0303.3447.5973
전자우편 1984books.on@gmail.com

www.instagram.com/livingin1984

ISBN 979-11-90533-28-7 (03810)

1984BOOKS